Recomeços
Surgem a cada amanhecer

Antônio Sagrado Bogaz
João Henrique Hansen

Recomeços
Surgem a cada amanhecer

Lafonte

Copyright © Antônio S. Bogaz & João H. Hansen, 2014
Copyright © Editora Lafonte Ltda., 2014

Todos os direitos reservados.
Nenhuma parte deste livro pode ser reproduzida sob quaisquer
meios existentes sem autorização por escrito dos editores.

Edição brasileira

Diretor *Antonio De Paulo*
Coordenação editorial *Elaine Barros*
Editora de arte e capa *Cintia Reis*
Preparação de texto *Baby Siqueira Abrão*
Revisão *Ana Lucia Neiva*

Dados Internacionais de Catalogação na Publicação (CIP)
(Câmara Brasileira do Livro, SP, Brasil)

Bogaz, Antônio S.
Recomeços - Surgem a cada amanhecer / Antônio Sagrado Bogaz, João Henrique Hansen. - São Paulo : Lafonte, 2014.

ISBN 978-85-8186-207-1

1. Romance brasileiro I. Hansen, João Henrique. II. Título.

14-03916   CDD-869.93

Índice para catálogo sistemático:

1. Romances: literatura brasileira 869.93

1ª edição brasileira: 2014

Direitos de edição em língua portuguesa, para o Brasil,
adquiridos por Editora Lafonte Ltda.

Av. Profa. Ida Kolb, 551 – 3º andar – São Paulo – SP – CEP 02518-000
Tel.: 55 11 3855-2294 / Fax: 55 11 3855-2280
atendimento@editoralafonte.com.br • www.editoralafonte.com.br

Sumário

Dedicatória 07
Prefácio 08

1. A aposentadoria 11
2. Primeiros passos 17
3. A visita de um velho amigo 27
4. Viagem aos Estados Unidos 35
5. Os anjos vão para o céu 43
6. Momentos de luto 48
7. Direitos e deveres 53
8. De volta para casa 59
9. Natal na praia 68
10. As visitas 75
11. Problemas à vista 82
12. Viagem de férias 92
13. Voltando para casa 104
14. A audiência 108
15. Primeira eucaristia 114
16. Os desafios da adolescência 119
17. Grandes momentos 128
18. Mariana 134
19. Vivendo cada dia 141
20. Coisas do destino 148
21. Ciclo da vida 153
22. Dia do perdão 161
23. Cada um no seu caminho e o sol para todos .. 167
24. A caminho do paraíso 174

Dedicatória

Este livro é para vocês, Germano Hansen e Matheus Sagrado Bogaz, que encontraram nos pequeninos, não a longevidade da vida, mas a sua plenitude. Com tantas saudades!

Prefácio

Conheci o Padre Antônio Sagrado Bogaz (coautor deste livro com João Henrique Hansen) na Faculdade, quando cursamos Filosofia. Acabado o curso, cada um seguiu seu destino. Passados mais de 20 anos sem nenhum outro contato e nenhuma notícia, eu o reencontrei após ler uma matéria dele numa revista da Editora Escala. Tendo assinado a matéria como padre, em princípio, tive dúvidas de que pudesse se tratar do mesmo Antonio Bogaz. Muito menos sabia ele que eu era acionista da empresa que editava a revista. Mas foi um ótimo reencontro, cheio de boas memórias. Pude ver que aquele jovem inteligente, cheio de ideais, realizara seu sonho de ser padre e levar a mensagem de Deus para as pessoas. E o vejo cumprindo sua missão com a mesma competência com que sempre fazia as provas escolares, tirando sempre as melhores notas. Reencontramo-nos e foi o recomeço de uma amizade que ficou de férias por mais de duas décadas. Padre Bogaz celebrou a cerimônia de casamento da minha filha, Lauriane, e fez o batizado de meu primeiro neto, Bernardo.

Hoje sou avô de um casal e, como dizem, ser avô é ser "pai com açúcar". Volta e meia me pego refletindo se há mais felicidade em ser pai ou em ser avô. Bobagem. Felicidade é felicidade e ponto. Provavelmente ser avô é a chance de ser pai mais intensamente, com mais experiência e mais conhecimento dos caminhos da vida. Encontrei-me nas páginas deste belo romance, que relata os laços afetivos de Daniel, um menininho, e seu vovô, Roberto. Foi como mergulhar num mar de ternura, que ilumina e enobrece os caminhos e descaminhos da vida.

Após essa leitura, posso afirmar com certeza: ser avô é uma doce aventura. Somente pode experimentar a infinita alegria de ser avô quem viveu a ventura inigualável de ser pai. Maus pais jamais poderão ser bons avôs. É no "ser pai" que descobrimos a grandeza da gratuidade, do sacrifício e do amor puro e verdadeiro. No "ser avô", descobrimos esses mesmos valores e aprimoramos a percepção de nós mesmos, replicando e multiplicando todos os sentimentos e valores para a posteridade, pois é no amor à sua descendência que o avô justifica a própria existência e reafirma seu legado.

Esse é o caminho trilhado, no livro, pelo vovô de Daniel. Sua capacidade de amar o netinho é a continuidade de seu afeto paternal. Roberto não busca compensações ou recompensas. Esse amor é pura gratuidade. Ele simplesmente ama.

Na medida em que a leitura desta obra avança e as histórias se entrelaçam, notamos como é importante o dia a dia em nossas vidas, como o amor se traduz em cuidar, em procurar fazer o outro feliz. O projeto de vida de Roberto para o neto vai justamente nesse sentido: ele quer fazer de Daniel um homem de caráter, um ser humano do bem.

E não há de faltar situações concretas e reais para ajudar na formação desse caráter. Daniel convive com a realidade de um avô rico, sem nenhum tipo de necessidade material; e de um avô pobre, que luta diariamente pela sobrevivência. Dois universos completamente diferentes. Contudo, a bagagem que cada um traz acaba por remetê-lo – e, claro, o leitor – às suas raízes, ao seio da família, que é, afinal, onde não há angústia humana que fique sem resposta.

Recomeços vai além de uma simples história. É um romance que nos envolve, como se Roberto fosse um membro de nossa família ou alguém muito próximo. Emoção garantida em cada página.

Por não sabermos o que nos reserva o dia de amanhã, todo dia é especial e importante. É também uma oportunidade de recomeçar a jornada ou iniciar uma nova. Por mais status que se tenha, nada supera o valor da família. A plena felicidade é tê-la ao nosso lado. Se não a tivermos, como poderemos viver? Como poderemos percorrer nossos caminhos se não há quem nos receba quando chegamos em casa?

Os personagens de Recomeços nos ensinam a lidar com o destino. Mostram como podemos ser bons, mesmo quando somos sufocados pela tragédia. Fazem-nos ver a ação de Deus por meio dos milagres da vida, como na história do Padre Antônio, cuja própria vida é um milagre.

A personagem Mariana traz a sensibilidade, o amor, o carinho e a beleza que emanam de uma jovem perante a descoberta do Gato Azul. O legado de Roberto será traçado por essa jovem numa magia do próprio destino.

Nesse mundo de lágrimas e felicidades, encontramos ainda o mistério da casa da praia, um lugar tão belo e isolado que parece perfeito. Se nos direcionarmos para o horizonte, sabemos que há algo além do imenso mar e do céu que se descortina. A solidariedade, a fé e a esperança se entrelaçam o tempo inteiro e, nesse cenário, o romance nos propõe refletir sobre a presença de Deus.

Stela, em pensamentos e sonhos, faz-nos entender que o verdadeiro amor se faz presente e perene na vida e na alma de Roberto. Somente quem tem verdadeiro amor e verdadeira paixão pode compreendê-lo.

Após entendermos os meandros de Recomeços, podemos finalmente estar diante da última peça desse quebra-cabeça, a peça final que indicará os recomeços que surgem a cada amanhecer.

Quando iniciei a leitura desta obra, fui até o fim, não consegui parar. Assim, convido você a mergulhar nessa aventura, uma jornada repleta de ternura e bondade, sentimentos que irão transformar para sempre seu olhar sobre o mundo.

Hercilio de Lourenzi

1. A aposentadoria

Roberto ouviu sem querer, de uma das recepcionistas, que a empresa preparava uma grande festa de despedida para ele, no dia de sua aposentadoria. Disfarçou, como se nada tivesse ouvido, e sentiu-se tremendamente triste.

Se a notícia chegara até a recepcionista, era porque já estava circulando em todos os setores da empresa. Roberto completara 65 anos e era um dos diretores mais antigos. O filho do presidente assumira o lugar do pai, morto havia dois anos, e isso provocara uma mudança muito grande na companhia. O novo presidente trocara quase todos os chefes de setores, os gerentes e os três diretores de área. O único que havia restado era ele, mas sabia que um dia também estaria na linha de corte da companhia.

Portanto, a notícia não era uma surpresa. Tratava-se apenas da realidade, que se aproximava.

Naquela noite, ao chegar em casa, teve vontade de sentar na velha poltrona e ficar lá até morrer. Em desalento, pensou no que faria da vida dali em diante. Aposentar, provavelmente, era morrer. Lera certa vez, em um lugar qualquer, a seguinte frase: "Existe vida após a aposentadoria?.

Tinha poucos amigos. A maioria já se fora, inclusive o presidente da empresa. Sabia que por isso ficara aqueles dois anos lá. Júnior o mantivera, decerto, por causa de alguma promessa que fizera ao pai.

Stella, a amada esposa, morrera, vítima de um câncer cerebral, há dez longos, tristes e saudosos anos, depois de uma grande agonia. De longe, aquele fora o pior ano de sua vida.

Ela era uma mulher fascinante, alegre, culta e cheia de vida. Dedicara-se a cuidar do marido e do filho. Trabalhava como desenhista de joias, mas tudo o que juntara se foi com a doença. Ele nunca quis sair da casa que ambos construíram. Pintara-a recentemente, de branco, como Stella gostava.

Todos os meses, no dia 10, ia ao cemitério e levava rosas brancas, a flor predileta da esposa. Conversava com ela no silêncio de seu coração e depois voltava para casa.

Gostava de cozinhar, mas nos últimos anos almoçava em restaurantes, acompanhado de colegas da empresa. À noite fazia um lanche ou, quando estava frio, uma sopa. Às vezes pedia uma pizza ou preparava um espaguete, que acabava durando dois ou três dias. Quando sentia falta de andar um pouco à noite, devorava um hambúrguer na lanchonete em que Stella e ele gostavam de ir.

No dia em que chegou aborrecido com a aposentadoria, que iriam obrigá-lo a receber, sabia que os rendimentos cairiam muito. Mas tinha um padrão modesto de vida, não trocava de carro há muitos anos e a única coisa que comprara com prazer fora uma televisão moderna e bem grande, para ver seus filmes prediletos.

Quando levantou da poltrona, foi preparar um sanduíche, pensando em que iria fazer durante o dia inteiro nos próximos anos, até que Stella viesse buscá-lo. Por certo morreria de tédio.

Não se sentia velho. Cuidava da saúde, procurando alimentar-se de maneira saudável. Fazia *check-ups* anuais e, antes de ir trabalhar, saía para uma caminhada no parque próximo de sua casa. Depois voltava, tomava um banho e em seguida, como vinha fazendo há mais de trinta anos, ficava das oito às dezoito horas trabalhando. Nos tempos áureos, até varava a madrugada.

Olhou bem para o interior da casa e observou como os objetos haviam envelhecido. As poltronas, os sofás, as cortinas, tudo tinha ar de coisa antiga, daquelas que são lavadas, consertadas e nunca ficam com cara de novas.

Pensou em ir para a França e depois para a Itália. Havia uma história muito bonita em sua vida, e seu destino talvez estivesse na Sicília. Se fosse mesmo assim, bastava esperar o momento certo para partir. Já viajara várias vezes e conhecera diversos países. Poderia perfeitamente planejar uma viagem especial, agora relacionada à família de seu pai, que lhe dizia muito. Precisava apenas pensar quando partir.

Naqueles dez anos de viuvez, Roberto conhecera algumas mulheres, mas nenhuma que tocasse seu coração, pois não deixava de compará-las com Stella, que foi sua grande e única paixão. Conhecera-a quando tinha 23 anos e ela, vinte. Casaram-se dois anos depois. Stella foi uma companheira maravilhosa, emocional e amorosamente. Sua alma gêmea.

Tentou alguns relacionamentos para ver se espantava a solidão, mas, passado o momento de euforia, arranjava uma desculpa e passava a evitar outros encontros. Deixou que essas buscas ocasionais acontecessem cada vez menos, do tipo "se acontecer é bom, se não acontecer melhor ainda".

Às vezes sentia falta de carícias, mas no fim acabava indo dormir. De manhã fazia seus exercícios matinais e deixava a vontade desaparecer. O que o deixava sem jeito com as mulheres é que sempre vinham as célebres perguntas: Você pensa em casar novamente?, Está precisando de uma companheira?, O que você procura de fato?, É viúvo? Ah...

Roberto sentia-se sempre um objeto em leilão: "Quem dá mais?". Parecia que o fato de ser viúvo o tornava um candidato em potencial para um novo casamento. Mas no fundo sabia que jamais colocaria alguém naquela casa, no lar que Stella e ele compartilharam por tantos e tão felizes anos. Não mesmo!

Foi para a cama e logo adormeceu. Dormiu muito mal, levantou mal-humorado e planejou falar com Júnior logo de manhã, para esclarecer a questão da aposentadoria.

Quando chegou à empresa, decidido a resolver a situação, teve uma surpresa. Assim que entrou, ouviu a sra. Mildle chamá-lo para dizer que precisava levá-lo a uma apresentação em outro local.

Meio sem vontade, ele a acompanhou, pois se tratava de um pedido do presidente da empresa. Voltaram perto do meio-dia. Como todos já tinham saído para almoçar, Roberto foi com a sra. Mildle ao mesmo restaurante de sempre.

Depois do almoço, retornou para a empresa e subiu para sua sala. Despachou algumas coisas que lhe tinham enviado e ficou sem nada fazer. Aborrecia-o o fato de não mais lhe enviarem trabalhos. Olhou para o tampo da mesa e viu seus dois únicos porta-retratos. No primeiro, ele e Stella abraçados, quando comemoraram vinte anos de casados, e no segundo, Cláudio, o filho querido que morava nos Estados Unidos, com a esposa e o netinho de seis anos. Sentia muita falta deles. Queria vê-los mais vezes durante o ano. Costumava passar o Natal e a primeira quinzena de janeiro em Summit, New Jersey, onde Cláudio, Júlia e o pequeno Daniel moravam. Eles vinham ao Brasil na segunda quinzena de janeiro e ficavam quinze dias na praia, na casa da família. Depois, em agosto, Roberto tirava mais quinze dias de férias, que passava com eles. Em outubro, Cláudio vinha sozinho para a reunião da empresa e ficava de três a cinco dias na velha casa.

Roberto adorava seu filho Cláudio. Quando estavam juntos, e isso era muito raro, iam juntos ao cemitério e relembravam Stella. Cláudio, contudo, não gostava da solidão do pai. Achava que ele deveria reiniciar a vida, ter alguém, casar de novo e parar de viver um sonho que já havia acabado.

Isso sempre gerava uma pequena discussão, pois Cláudio não aceitava que Roberto vivesse somente das recordações da esposa. Queria muito que seu velho voltasse a ser alegre, como antes da morte da esposa, e que abandonasse a tristeza e a solidão. Como morava distante, não podia dar a atenção que o pai merecia.

Roberto suspirou e fixou os olhos no pequeno Daniel. Era sempre uma festa quando estava perto dele, mas ficava tanto tempo sem vê-lo, sem acariciá-lo, que sentia que, no futuro, seriam completos estranhos. Talvez agora pudesse ir vê-lo mais vezes, já que seria um aposentado. Um homem sem ter o que fazer.

Se soubesse escrever, poderia ser escritor; se entendesse mais de cinema e de teatro, poderia ser crítico; se tivesse um lado mais gourmet, poderia abrir um restaurante... E assim ia o pensamento. Mas entendia apenas de contabilidade, finanças, impostos, economia e tédio. Fazia mais de 25 anos que terminara seu mestrado na área. Nunca fizera o doutorado e virar acadêmico, agora, era impossível. As profissões solicitam profissionais até quarenta anos de idade. Ele estava velho e descartável.

"Que triste", pensou. "Aos 65 anos fiquei velho demais!"

Depois, refletiu mais um pouco e disse para si mesmo: "Meu Deus, não quero ser um velho que levanta para fazer exercícios, depois lê jornal na praça, vira hipocondríaco para ter onde ir, como médicos e farmácias, visita supermercados, vê televisão, dorme, levanta, inventa mil coisas que não terminam, acha-se um novo Van Gogh e faz dez aulas de pintura, depois resolve fazer vinte aulas de cerâmica, consegue montar um vaso com a ajuda do professor e leva para casa o vaso que o tornou imortal como ceramista".

Riu de si mesmo e continuou a meditar.

"Bem, agora, com tempo, posso também entrar numa escola de dança e sair um novo Fred Astaire ou Gene Kelly, dançar na chuva ou cantar no banheiro e ser o renascimento de outro Pavarotti. Afinal, nunca cantei e poderei começar um curso de 'como ser cantor em dez aulas' e treinar no banheiro, já que em casa ninguém poderá reclamar de meus ensaios."

"Talvez eu possa aprender mais uma língua, ou várias línguas, virar tradutor bi, tri ou multilíngue para ser guia turístico em lugares planos, pois se tiver de ir para a Grécia ou a Jordânia precisarei ter um fôlego de sete gatos para subir escadas ou montanhas."

"Pensando melhor, talvez possa ser voluntário na igreja local, com oito horas por dia de atividades. Na verdade, já sou voluntário durante quatro horas semanais, o único viúvo que ainda dá curso de noivos sem a esposa, e sei que somente me aguentam porque o padre local está idoso e não consegue arrumar um casal para ajudar."

"Em último caso, posso esquecer a bioética e cometer eutanásia, porque meu tempo acabou, mas isso também não é justo. O ideal é não fazer nada... nada???"

Seus desvairados pensamentos pararam quase que por encanto quando a secretária de Júnior ligou para sua sala, pedindo que fosse falar com o presidente.

"É agora", pensou Roberto.

Entrou na sala do "poderoso chefão", que, se não fosse pelo pai, jamais sairia de cima de uma moto para entregar pizza, não fazendo mal juízo dos entregadores de pizza, que afinal eram bem melhores em capacidade intelectual do que Júnior. Não fosse Alencar, diretor-geral da empresa, nada sairia dela. Mas Alencar "segurava a peteca" com classe, ganhava muito, era doutor em duas universidades americanas e a empresa ia bem, sem nunca ter entrado no vermelho naqueles dois últimos anos.

O que Júnior gostava mesmo era de ser o presidente e, todas as quartas-feiras, sentar na poltrona que herdara do pai para presidir a reunião.

— Diga, Alencar, diga... — pedia.

Significava que Alencar sabia tudo. A expressão "diga, Alencar" virara mote na empresa, significava faça, construa, venda, dirija, enlouqueça, economize, corte, derrube cabeças, diminua e tantos outros adjetivos "sóbrios e delicados" indicando que era Alencar quem decidia tudo.

"Diga, Alencar"... Será que ele estaria na sala do Júnior?

"Creio que Júnior vai dizer:

— Diga, Alencar, por que estamos aqui.

Daí o Alencar vai dizer que, apesar de meu salário ser bem inferior ao dos outros gerentes, mesmo eu sendo diretor, já que não recebo aumento há dois anos, vão me aposentar, farão uma festinha no Clube 45 e poderei levar minha esposa, e então ele dirá perdão, 'esqueci que você é viúvo, pode levar sua filha, filho, tios, padrinhos de batizado...' Ora, vão para o inferno!"

Afastou o pessimismo e entrou na sala do presidente. Júnior o recebeu com tapinhas nas costas e pediu-lhe que se sentasse.

— Bem... — começou Júnior, mas parou.

Foi até o telefone, sem conseguir iniciar a conversa.

— Sofia, peça para o Alencar vir aqui — pediu. — Como? Não está? É verdade, fiz confusão. Não, tudo bem...

Roberto olhou para ele:

— Júnior, eu o conheço desde criança e acho que está muito preocupado em dizer que pediu minha aposentadoria e está preparando uma festinha de despedida, certo?

Júnior olhou para o velho amigo de seu pai. Não conseguiu esconder a falta de caráter que lhe era peculiar e muito menos disfarçar a situação que estavam vivendo naquele instante.

— É — disse ele. — Meu pai pediu que você ficasse conosco até se aposentar, faz dois anos que ele morreu e cumpri a promessa que lhe fiz.

Mudei toda a diretoria, gerência e chefia, e você, é claro, sabia de tudo isso, mas devido à sua amizade com meu pai e à consideração por todos os anos em que trabalhou aqui... Chegou, desculpe, a sua hora de nos deixar.

— Entendo. Completei 65 anos há duas semanas e já estou na idade da aposentadoria. Você já fez a solicitação em meu nome, nem precisei sair daqui para isso.

— Roberto, você vai receber tudo a que tem direito.

— Você é muito gentil.

— Não seja irônico. O pessoal está planejando seu bota-fora.

— Bota-fora?

— Sua despedida!

— Agradeça a seu pessoal minha despedida. Como acabei de ser oficialmente aposentado e despedido da empresa, vou embora. Somente passarei no sindicato para os recebimentos finais, ou, como diz você, os meus direitos. — Levantou-se da cadeira e olhou bem para Júnior. — Não foi um prazer trabalhar com você nesses dois anos, ao contrário dos outros 28 anos que trabalhei com seu pai. Seja muito feliz.

— Obrigado, Roberto, sua despedida da empresa será no...

Roberto cortou a frase:

— Não haverá bota-fora nenhum. Não preciso de tapinhas nas costas nem de uma plaquinha idiota de prata, pois estou velho demais para essas babaquices. Se não fizer questão, vou apenas buscar meus pertences pessoais na minha sala, digo, na sala em que trabalhei, e vou embora. Mandarei um e-mail para todos dizendo "adeus". Pode ser?

— Faça o que achar melhor. Agradecemos seu trabalho nesta empresa e... — Está bem, está bem!

Apertaram as mãos e foi só isso.

Passou na sala e rapidamente pegou suas coisas, seus HDs pessoais, quatro livros que considerava importantes e, é claro, seus dois porta-retratos. Uma pequenina caixa de papelão que estava num canto do armário serviu para tudo.

De que lhe adiantavam os enfeites que havia ganhado e que somente iriam lhe trazer a triste lembrança de um final melancólico? Naquele momento nada contava. Estava irritado pela maneira como Júnior o despedira. Melhor ir para casa e refrescar a cabeça.

Foi o que fez. Considerou-se aposentado e desempregado para sempre exatamente à meia-noite, a zero hora do dia seguinte. Abriu uma garrafa de vinho, comeu queijos de quatro espécies, pão de três tipos, tudo o que comprara a caminho de casa.

Ouviu músicas e adormeceu, embalado pelo vinho. Stella não teria gostado daquela comemoração, pensou ele. Ficaria magoada se o visse bebendo e comendo para celebrar a aposentadoria, que tantos querem e que ele não queria, mas que acabou recebendo apenas duas semanas depois de completar o tempo oficial de serviço.

Acordou cedo, pois estava acostumado com o horário cotidiano de se levantar. Vestiu sua roupa de caminhada, saiu e foi para o parque. A cabeça doía um pouco, mas o ar da manhã começou a fazer bem... Respirou fundo e continuou seus exercícios diários.

2. Primeiros passos...

No primeiro mês, arrumou tanta coisa para fazer que o tempo pareceu curto. Foi aos bancos, reviu as aplicações financeiras, mandou consertar o telhado da casa, pintou os muros que a chuva havia danificado bastante, cortou a grama do jardim, trocou as lâmpadas que circundavam a casa, mandou refazer o alarme que de vez em quando dava problemas e muitas outras pequenas coisas.

Também comprou um automóvel mais novo, de câmbio automático o primeiro desse tipo em seus 65 anos de vida. Estacionou-o na garagem, entrou em casa e ouviu o telefone fixo tocar.

— Pai, sou eu...

— Olá, filho! Tudo bem por aí? Quando você virá para cá?

— Chego amanhã às 6h30. Pode me pegar no aeroporto?

— Nossa, que surpresa!

— Pois é... Trata-se de um encontro emergencial com o pessoal daí, fico amanhã contigo, depois tenho reunião o dia inteiro e, no terceiro dia, fico contigo até você me levar para o aeroporto. Tudo bem?

— Tudo ótimo, claro. Daniel e Júlia estão bem?

— Ótimos! Beijão, pai, e até amanhã.

— Boa viagem, meu filho.

Assim que desligou, Roberto foi verificar a despensa onde guardava alimentos, além da geladeira e do freezer. Achou melhor ir até o supermercado para providenciar algumas coisas. Também foi ao shopping center e comprou presentes para o filho, o neto e a nora. No supermercado, escolheu tudo que Cláudio gostava de comer e beber, como frutas típicas, e ainda passou na loja de chocolate.

Adormeceu feliz e no dia seguinte, no horário anunciado, Cláudio chegou. Roberto abraçou o filho com todo o amor do mundo, como se não o visse há milhares de anos. O filho até estranhou.

— Nossa, que carência, pai!

— Não é carência, é amor. Feliz por você estar aqui, mesmo que por pouco tempo.

Perguntou do netinho, da nora, da vida nos Estados Unidos. Cláudio respondia e contava histórias de maneira muito carinhosa.

— Pai! Que lindo! Carro novo, câmbio automático... Finalmente, hein?

— Viu só? Seu "velho" está gastando...

— Faz bem, pai. Você precisa gastar um pouco em seu benefício.

— Cuido bem do carro e por isso ele vai durar bastante. Talvez seja meu último carro na vida.

— Deixe disso, você vai viver muito. Ainda vai virar bisavô.

— É, é bom sonhar um pouco.

A conversa continuou até que chegaram à casa de Roberto.

— O que é isso, casa pintada, muro refeito, grama aparada?

— Agora tenho tempo suficiente para cuidar de tudo, meu filho.

— Você parece estar bem. Ao telefone, quando nos falamos, estava preocupado com sua aposentadoria.

— Fiquei muito mal com o que o Júnior fez, mas, no fim, sabia que era assim mesmo. Uma hora eu teria de parar.

— Você deveria fazer palestras. Tem muito conhecimento sobre o aspecto contábil e financeiro das empresas.

— Quem sabe, não é, filho? No momento apenas penso em fazer algo que seja bom para mim, mas ainda não descobri o que quero.

Cláudio foi para o quarto, que antes era o de hóspedes, e que depois de seu casamento passou a ser seu e de Júlia. Seus aposentos da época de solteiro tinham sido reformados para abrigar Daniel.

Enquanto o filho descansava um pouco, tomava seu banho e falava ao telefone com companheiros de trabalho, Roberto foi para a cozinha, preparar o almoço. Rapidamente, como nos velhos tempos, fez uma salada como Cláudio gostava, risoto italiano com filé mignon, suflê de queijo e, como sobremesa, pudim de leite.

Arrumou a mesa na sala de jantar e logo em seguida Cláudio apareceu.

— Está tudo pronto — disse Roberto. — Posso servir?

— Pode sim, papai.

— Vinho?

— Você vai tomar?

— Um copo.

— Então também tomo um copo, mas coloque suco natural na mesa, por favor.

— Está certo.

Almoçaram tranquilamente. Tomaram café e depois, como era esperado, Roberto falou em ir até o cemitério.

— Pai, dessa vez o tempo é tão curto que eu preferia ir no último dia. Passamos lá antes de eu pegar o avião, pode ser?

— Claro que sim. Sua mãe vai se sentir feliz com sua visita.

— Pai, pare com isso. Rezo sempre para a mamãe e não é visitá-la no cemitério que mudará alguma coisa. Ela não está mais conosco e você precisa arrumar um motivo para viver. Procure algo importante para fazer, preencha sua vida.

— O que eu tenho para preencher a minha vida? Nenhuma atividade ou conhecimento me dará um novo emprego. A idade chegou e aos 65 anos somos considerados velhos para o trabalho.

— Isso acontece com você e com todos os que têm sua idade. Acontecerá comigo também. Aqui não é diferente dos Estados Unidos nem da Europa.

— Eu sei, poderia até abrir uma sorveteria, uma cafeteria, mas não quero mais trabalhar o dia todo.

— Pai, no começo é sempre difícil aceitar uma situação nova. Com o tempo vamos acostumando, vamos nos adaptando aos problemas e a vida continua.

— Você tem razão. Ainda estou com a cabeça boa, ouço pessoas da minha idade dizendo que esquecem isso ou aquilo, nome de amigos, eu não esqueço nada, minha saúde é perfeita, faço meus exercícios diários...

— Continue fazendo, pai. Eu ainda preciso de você.

— Não exagere, filho. Você não precisa de mim, tem sua esposa, seu filho, tem uma família.

— Depois da morte da mamãe você ficou pessimista, triste, apagado, depressivo, e agora colocou a aposentadoria como um drama na sua vida. Você deveria procurar um terapeuta para se ajustar a esse novo momento.

— Você quer que eu procure um psiquiatra?

— Não é psiquiatra, é psicólogo ou psicoterapeuta. Conte seus dramas, fale da morte da mamãe, da falta de seu emprego, de mim, do neto, da nora, das pessoas que foram importantes na sua vida, dos dramas que você e seu pai viveram, que o avô foi embora para a Itália depois que sua mãe morreu... Seus traumas da infância, o velocípede que você queria e não ganhou... coisas assim. Ah... e da falta de carinho, do amor que você não se permite... Arrume uma namorada. Não precisa casar, pai. Apenas arrume uma mulher, leve-a para jantar, ao teatro, ao cinema.

— Ah, meu filho, acho que... — Pensou bem antes de responder que Cláudio é quem deveria procurar um psicólogo e completou: — Você tem razão. Vou ver isso.

Roberto refletiu que não poderia aborrecer o filho. Amava-o demais. Melhor aceitar o que ele dizia e pronto. Não iria fazer nada mesmo.

Cláudio foi até o quarto e voltou com dois presentes.

— Esse é meu e da Júlia. Esse outro foi o Daniel que escolheu.

Roberto abriu o presente do filho e ficou encantado.

— Nossa! Uma filmadora, que presentão!

— Agora você pode sair por aí e virar cineasta.

— Gostei muito! Sempre tive vontade de ter uma câmera. Vou ler o manual e filmar, pode ter certeza!

— Essa filmadora tem muitos recursos. Depois você coloca o filme no computador e vai montando como achar melhor. Vai ver como é fácil. É como máquina fotográfica, não tem segredos.

— Vou aprender a mexer com ela, pode ter certeza. Já estou até fazendo alguns filmezinhos... Depois você leva uma cópia. Peguei as fotos, digitalizei, peguei os filmes antigos em que você e sua mãe aparecem e os montei. Até que ficaram bons.

— Olha só, pai, que atividade interessante! E é algo que você sabe fazer. Por que não começa a filmar casamento, aniversário, festa, formatura? Pode dar certo.

Roberto olhou para o filho e teve vontade de dizer que não faria isso. Mas não queria começar uma discussão. Então respondeu:

— É verdade, eu não havia pensado nisso. Pode ser uma boa atividade e ainda dar algum dinheiro.

Em seguida abriu o presente do netinho, uma camiseta com os dizeres "I love you, Grandpa", Eu amo você, vovô. Levou a camiseta ao rosto e a beijou, emocionado.

— Adoro o Daniel.

— Ele tem muitas afinidades com você, papai. Está naquela fase de ler tudo o que está escrito. Passamos numa loja com várias camisetas. Quando ele viu essa, pediu para comprar "para o vovô".

— Ele fala inglês e português?

— Direitinho, conversamos em português e em inglês. O bom é que a Júlia, apesar de ser americana, viveu muitos anos aqui. Em casa falamos português, assim não perdemos a fluência. No trabalho, na escola, em ocasiões sociais, conversamos em inglês.

— E os pais de Júlia?

— Não perdoaram a filha por ter-se casado comigo. Parece que moram parte do ano no Rio de Janeiro, onde já viveram quando o pai veio trabalhar no Brasil, e a outra parte em Boston, onde fica a casa da família. Mas, na verdade, não sabemos em que cidade do mundo eles se encontram, pois têm propriedades espalhadas em vários locais.

— Por que isso, não?

— Disseram que eu era pobre demais para a filha, que ela deveria ter um marido bem de vida e que não admitiriam que eu entrasse na casa deles se nos casássemos. Depois do casamento, Júlia falou uma vez com o pai e ele desejou felicidades. Ligou novamente para dizer que Daniel havia nascido, e a mãe lhe disse que, caso se separasse de mim, teria imenso prazer em conhecer o neto e dar-lhe uma vida que tanto ela como ele mereciam.

— E Júlia, como se sente com tudo isso?

— Júlia sempre fez o que quis, não é de seguir regras, você sabe. Ela me ama muito e é uma companheira fabulosa. Lastimo apenas que mamãe não a tenha conhecido. Elas iriam gostar muito uma da outra.

— Tenho certeza disso. Stella e sua esposa têm muito em comum.

— O emprego que ela arrumou logo que chegamos aos Estados Unidos lhe fez muito bem. Adora trabalhar numa revista de moda. Outro dia foi para Paris fazer uma reportagem e ficou cinco dias fora de casa.

— Você não foi junto?

— Deixar Daniel com estranhos não faz o estilo de Júlia. Um casal de amigos, Mike e Sarah, que você conhece, se ofereceu para cuidar de Daniel, mas Júlia achou melhor que eu ficasse com ele.

— Bem, quando precisarem viajar, posso ir aos Estados Unidos cuidar do meu neto. Agora tenho tempo para isso.

— É uma boa ideia, papai. Na próxima viagem de Júlia, irei com ela e você ficará com Daniel. Tudo bem?

— Será ótimo ficar com meu neto.

— Combinado.

Mais tarde saíram juntos para que Cláudio comprasse algumas coisas que queria levar para os Estados Unidos. Passaram pelo teatro onde era encenada uma peça muito recomendada por um amigo de Cláudio. Compraram os ingressos e a assistiram. Cláudio gostou imensamente, e Roberto achou que estava fora do mundo mesmo: uma excelente peça em cartaz e ele nem sabia disso. Se não fosse o filho, não a teria assistido, e era um bom divertimento. "Preciso ler mais o caderno de teatros e cinemas do jornal", pensou.

Quando chegaram à casa, no final da noite, Roberto foi até a cozinha e preparou rapidamente um lanche para os dois. Ambos comeram com vontade, conversaram por algum tempo e depois foram dormir.

Na manhã seguinte, quando Cláudio levantou, o café já estava pronto. Mal acabou de tomar o desjejum, Roberto deu as chaves do carro para o filho:

— Use-o para ir a suas reuniões.

Em seguida vestiu a roupa da caminhada e saiu. Voltou mais tarde do que de hábito, tomou banho e depois aproveitou para separar mais algumas coisas para Cláudio levar aos Estados Unidos.

Naquela noite, enquanto esperava o filho chegar, começou assistir a um filme na televisão e acabou adormecendo na poltrona. Acordou com Cláudio pedindo-lhe que fosse dormir.

— É melhor dormir na cama, meu pai. Você me acorda amanhã às oito?

— Sim, claro — respondeu Roberto, sonolento. — Correu tudo bem?

— Sim, felizmente. Agora vá para a cama. Já é tarde.

Roberto foi para o quarto e dormiu. Sentia-se feliz por ter o filho perto. Dava-lhe uma sensação de proteção, fazia com que esquecesse da solidão, de sua companheira há dez anos. Quando Stella morreu, Cláudio começava a namorar Júlia, que vivia no Rio de Janeiro. Os dois se viam a cada quinze dias.

A história romântica de Cláudio e Júlia foi descomplicada e cheia de um amor que sempre lhe pareceu eterno. Cláudio fora trabalhar no Rio de Janeiro durante um mês. Na semana em que chegou ao Rio, tomou o bondinho para visitar a Urca.

Entrou com um grupo americano formado por quatro pessoas e Júlia, que explicava aos amigos a história da cidade do Rio de Janeiro. Os dois se entreolharam. Quando saíram do bondinho, Cláudio deixou que o grupo se adiantasse e o seguiu, sempre olhando para Júlia.

Nesse momento uma das moças americanas alertou Júlia de que um homem, Cláudio, a observava com atenção. Ela então o mirou novamente, deu-lhe um sorriso encantador e continuou com o grupo.

Mais que depressa ele pegou um cartão de visitas e escreveu atrás: "Olá, meu nome é Cláudio e estou aqui no Rio a trabalho. Gostaria de conhecê-la. Se for do seu agrado, me ligue no celular, por favor".

Infelizmente, na hora de tomar o bondinho, outro grupo acabou atrapalhando a entrada e Cláudio ficou para trás. Não se fez de rogado, porém. Na porta do bondinho, chamou um rapaz, apontou para Júlia e pediu que o desconhecido lhe entregasse o cartão. O rapaz fez que sim, mas, enquanto o veículo descia o morro, Cláudio questionava se ela recebera ou não o cartão.

Esperou que Júlia ligasse ainda naquela noite de sábado, mas nada. No dia seguinte, foi até a praia de manhã, para ver se a encontrava. Ficou frustrado, pois andou por várias praias e não a viu. À tarde voltou para o flat que a empresa alugara e à noite decidiu ir ao show de uma cantora de quem gostava muito.

Na segunda-feira já tinha perdido as esperanças de vê-la novamente. Mas um torpedo reacendeu seu ânimo: "Ligue-me às 20 horas e conversaremos. Júlia".

Na hora marcada, imensamente feliz, ele telefonou:

— Boa noite, Júlia. Cláudio falando.

— Oi, como vai você?

— Muito melhor agora! Estou até emocionado. Esperei muito falar com você.

— Por quê?

— Porque é uma mulher linda, simpática, creio que muito inteligente e me impressionou.

— Nossa, que cantada objetiva!

— Não é apenas um flerte, é uma vontade muito grande de convidá-la para jantar e conversar. Diga que sim.

— Eu sinceramente não sei, nunca conheci alguém dessa maneira.

— Juro que não sou nenhum malvado — ele disse, sorrindo. — Posso dar referências. Meu nome é mesmo esse que está no cartão. A empresa em que trabalho...

— Não precisa dizer nada, Cláudio. Liguei para a empresa, em São Paulo, e me informaram que você está aqui a trabalho. Deram também seu endereço aqui no Rio, o flat onde está hospedado... e o número do telefone do seu quarto.

— Nossa, que maravilha!

— Quer saber por que fiz isso?

— Sim — respondeu ele, timidamente.

— Porque eu imaginava que você fosse me convidar para jantar e queria aceitar seu convite.

— Ótimo! Onde nos encontraremos? Diga o local que eu pego um táxi e vou para lá.

— Daqui a meia hora passo com meu carro aí e apanho você na porta do flat. Tudo bem assim?

— Esperarei na porta.

— Até mais.

Meia hora depois, Júlia chegou. E os dois nunca mais se largaram. Apaixonaram-se profundamente.

Houve apenas um problema: a família de Júlia era rica e queria um marido milionário para ela, considerada um dos melhores partidos do Rio de Janeiro. Cláudio, no entanto, nem tinha ideia de quem era a família da moça.

Quando ela o levou para conhecer seus pais, alguns meses depois, Cláudio foi tratado como um pobre pedinte pela família Knight. O futuro sogro disse-lhe que ele queria dar o golpe do baú. Cláudio respondeu que a amava, que as posses da família não lhe interessavam e que assinaria um contrato de casamento deixando isso claro. Os pais chamaram Júlia a um canto e disseram que a deserdariam se o casamento acontecesse.

Ela não se incomodou. Apoiou o namorado desde o início. Os dois decidiram ir juntos para São Paulo. Stella havia morrido e Roberto estava muito deprimido. Seria sempre agradecido à nora, que lhe fazia companhia. No Rio, ela trabalhava em uma revista de modas. Ainda não encontrara emprego em São Paulo, apesar de ter muita experiência no setor.

Cláudio e Júlia decidiram se casar e continuar morando com Roberto. A cerimônia foi muito bonita e isso em parte se deveu a Roberto, que elevou seu coração entristecido com a morte de Stella e fez do dia do casamento do filho um momento de pura emoção.

Arrasado pela perda da esposa, ele, na realidade, fez da cerimônia uma homenagem a ela. A celebração aconteceu numa capela montada no terreno de sua casa de praia, comprada numa época em que quase nada havia ali senão um povoado muito simples. Depois começaram as construções de condomínios e a casa acabou ficando no meio daquilo tudo, num terreno enorme em frente ao mar, com um jardim imenso, totalmente refeito para o casamento.

Roberto mandou erguer uma tenda branca que acomodava todos os convidados. A decoração foi feita pela própria Júlia e uma amiga, com flores campestres. Um bufê da região serviu o jantar e o casamento aconteceu num fim de tarde, com o sol se pondo, como se descesse para o fundo do mar.

Naquele dia, Roberto, apesar da dor que sentia pela morte da esposa, comportou-se como um verdadeiro *gentleman* e deu um brilho extra à cerimônia. Entrou com Júlia pelo jardim, como se ela fosse sua filha, e a entregou a Cláudio, no altar. Os pais da noiva foram convidados. Roberto viajou ao Rio de Janeiro para falar com eles sem que os noivos soubessem. Levou o convite e pediu que fizessem uma surpresa para os dois. Seu filho era pobre, comentou, mas tinha um futuro brilhante. Estava indo muito bem na carreira; era só questão de tempo. Levou inclusive alguns documentos, apresentando as poucas posses que tinha: a casa onde vivia e a da praia.

O que ouviu dos pais de Júlia foi terrível. Pegou o avião e pensou que, para os dois serem felizes, era melhor esquecer aquele casal milionário. A última frase que o sr. Knight disse foi:

— Minha filha foi educada para casar-se com um homem rico como nós, da mesma casta e da mesma elite. Desculpe, o senhor é um homem honesto, mas fortunas geram mais fortunas. Minha filha faz o que quiser, tem o direito de escolher seu destino. Para nós, ela está renegando o tanto que fizemos por sua felicidade. Júlia não será feliz. Não nasceu para uma vidinha medíocre, para ser casada com seu filho... Acho que perdeu a viagem vindo até aqui. Declino de seu convite para ir ao casamento.

Roberto olhou nos olhos do bilionário Gregory Knight e retirou-se, abaixando a cabeça em sinal de tristeza e dor. No avião, de volta para casa, achou por bem gastar o que fosse necessário para dar a Júlia um casamento inesquecível, como se ela fosse sua filha. E assim fez. E ela, filha de bilionários, criada como uma princesa, foi de uma simplicidade infinita.

O vestido branco simples foi comprado numa loja de qualidade, mas não era assinado por nenhum estilista famoso. A vendedora perguntou se ele era o pai, e, quando Roberto abriu a boca para responder que era o pai do noivo, Júlia o surpreendeu, como sempre fazia:

— Claro que é meu pai. Ele quer saber se o vestido vai ficar bonito porque entrará comigo na igreja. Aliás, não será uma igreja, mas uma capela. De frente para o mar, como eu e meu noivo queremos.

Antes de a cerimônia começar Roberto ainda teve uma leve esperança de que os pais de Júlia viessem para levar a filha ao altar, mas eles cumpriram a promessa. Não apareceram.

Júlia e Cláudio passaram a lua de mel na Itália, presente dele e sonho dela, que queria passear, como recém-casada, nas cidades que considerava românticas.

Roberto, na época, sugeriu Paris, mas Júlia, que já conhecia ambos os países, disse que a Itália era mais romântica e que o marido gostaria mais de lá. Ela sempre surpreendia o sogro, que acabou colocando-a no coração como filha.

Quando retornaram da lua de mel, decidiram alugar um apartamento e mudar. Roberto entendeu que o casal queria ter o próprio cantinho. Ajudou a montar o apartamento e deixou a vida correr.

Em seguida veio o nascimento de Daniel. Um ano depois, Cláudio foi trabalhar nos Estados Unidos e a família se mudou para lá.

Mergulhado em lembranças, Roberto adormeceu. Levantou mais cedo na manhã seguinte e foi preparar o café da manhã para o filho. Depois colocou a mala de Cláudio no carro e seguiram para o aeroporto. Antes, passaram no cemitério. Como o tempo era curto, rezaram diante do local onde repousava Stella e se foram.

— Sabe, pai, outro dia sonhei com a mãe. Às vezes sonho com ela e esqueço o que sonhei. Dessa vez foi tão estranho que acordei na hora, lembrei-me de tudo e depois não conseguia mais dormir. Levantei, fui até a cozinha e pensei muito nela. Acabei dormindo na poltrona e acordei com Júlia perguntando o que acontecera. Contei-lhe e ela apenas me disse que rezasse por mamãe.

— O que você sonhou?

— Eu, você e mamãe estávamos na casa da praia. Eu era criança no início do sonho e fui buscar uma bola que caíra nas ondas do mar. Quanto mais eu queria pegá-la, mais distante eu ficava. Olhei para a praia. Você estava sozinho lá e não me enxergava. De repente, vi Daniel passeando com vocês. Pedi que me ajudassem a sair do mar, porque eu não conseguia fazer isso sozinho, mas vocês não me viam. — Olhou para o pai: — Estranho, não?

— Muito — respondeu Roberto. — Que aconteceu depois?

— Vi mamãe me estendendo a mão e dizendo que eu fosse por um lado onde não havia tanta água. Eu a acompanhei até uma espécie de ilhota de onde se via o mar, a praia. Mas você e o Daniel não nos enxergavam. Júlia apareceu, desesperada, procurando Daniel. Mamãe apontou para vocês dois e disse a Júlia que ambos estavam passeando na praia. Então nos convidou para um chá. Tranquila como sempre, mamãe disse que vocês viriam depois. Nesse momento a ilha começou a virar cinzas e as partículas foram se espalhando pelo mar. Você e Daniel não percebiam a aproximação de uma tempestade, e a gente tentava gritar, avisando. Mamãe pediu para termos calma. Segurou na minha mão e na mão de Júlia. Ficamos os três de mãos dadas, olhando a tempestade, que começou a cair fortemente.

Roberto olhou bem para ele.

— E então?

— Então acordei e fiquei preocupado. Júlia me pediu para rezar por mamãe e para celebrarmos uma missa em sua memória. Mas imaginei que ela quisesse nos avisar de alguma coisa, tipo...

— Que eu vou morrer?

— Que é isso, pai? Acho que, se esse sonho anuncia alguma morte, é a nossa, minha e a de Júlia!

— Sonho é bobagem, meu filho. Não são premonitórios.

— Fiquei preocupado com você e com o Daniel.

— Daniel está ótimo, eu estou velho, mas muito bem para a minha idade, vocês também estão muito bem. Acho que o sentido do sonho é recordar sua mãe, a cinza é sempre um renascer e ela quer nos ver bem.

— As cinzas me impressionaram muito.

— Melhor esquecer isso, filho, sonhos não podem ser levados a sério. Logo depois que sua mãe morreu, sonhei que ela veio me buscar. Acordei assustado, rezei para ela, que viesse, pois eu ficaria muito feliz. Faz dez anos isso e ela nunca veio.

Mudaram de assunto. Chegaram ao aeroporto, abraçaram-se e Cláudio voltou para os Estados Unidos.

3. Visita de um velho amigo

Duas semanas depois da partida de Cláudio, um dos amigos de Roberto, Luiz Eduardo, que morava em Porto Alegre, foi visitá-lo.

Haviam feito faculdade juntos em São Paulo e depois Luiz, que trabalhava em São Bernardo, foi transferido para o Rio Grande do Sul. Ficou na empresa alguns anos e mudou duas ou três vezes de endereço, mas sempre residindo em Porto Alegre. Casou com Ingrid, filha de alemães, e tiveram quatro filhos. O mais velho e as "meninas" se casaram. O caçula morrera aos 21 anos, depois de passar por um transplante de medula. Ingrid entrou em depressão e, quando Luiz percebeu, ela estava sofrendo de Alzheimer. Durante cinco anos Luiz cuidou da esposa, mas em seguida precisou interná-la numa casa especializada, pois não conseguia tratar dela e trabalhar. A doença foi diagnosticada depois que os médicos fizeram todos os exames, até terem certeza absoluta do Alzheimer, pois Ingrid era ainda muito jovem, com pouco mais de cinquenta anos.

Luiz teve uma série de problemas cardíacos que culminaram num infarto. Ao se recuperar, ele começou novamente a viver. Sempre dizia que, após passar por tudo aquilo, via a vida com outros olhos e era feliz, apesar do que havia acontecido. Extremamente otimista, aposentou-se por iniciativa própria e viajava todos os anos, durante dois ou três meses, para Europa, Ásia ou Estados Unidos. Ia sempre para a Argentina porque gostava muito de lá e de vez em quando vinha a São Paulo fazer alguns exames e cuidar da saúde. Nessas visitas, ficava na casa de Roberto.

Seu entusiasmo pela vida fazia com que suas visitas fossem um bálsamo para Roberto e sua pouca vontade de viver. De certa forma, ele usufruía da companhia do amigo como um remédio para suas dores.

No primeiro dia da visita, falaram apenas dos filhos e netos. No segundo dia, já estavam mais descontraídos. Roberto sempre acompanhava o amigo ao hospital, para os exames, e ambos se divertiam com as histórias que Luiz contava. Filho de árabes, ele era um homem forte, com barriga um pouco saliente, olhos castanhos-claros que contrastavam com a pele morena. O rosto bonito, sem marcas, não parecia o de alguém com 68 anos. Era apenas um pouco mais baixo do que Roberto. Juntos, aparentavam ser da mesma altura.

— Você lembra do cabelo que eu tinha? Preto. Não acredito que fiquei careca!

— Quando eu o conheci seu cabelo já estava caindo, Luiz. Eu tenho cabelos brancos, e daí? Muda alguma coisa? Quem se importa, na nossa idade, com cabelos, brancos ou nenhum?

— Você é grisalho, meu amigo, e não parece ter sessenta anos.

— Ei, aonde você quer chegar? Daqui há pouco vai dizer que posso fazer stripteases em boates! — divertiu-se Roberto.

— Em boates não, mas com as jovens você pode. Sabe que, na minha idade, ainda danço e me divirto?

— Poupe-me dessas histórias. Com quase setenta anos você deveria ficar longe de certas mulheres.

— Que mulheres?

— Que mulheres que um homem da sua idade quer ter? Luiz, comporte-se como um senhor de respeito! — Roberto riu.

— Por que você acha que nós, da terceira idade, não podemos ter uma vida... mais ativa?

O assunto começava a ficar sério. E a incomodar Roberto.

— Podemos mudar de assunto? Ficar falando de mulheres não é próprio da nossa idade.

— Ouça, conversar sobre filhos, netos, é coisa antiga. Hoje nós temos uma vida para viver. Somos viúvos, meu caro. Daqui a alguns anos vamos morrer também. Temos um pezinho de meia, dá para relaxar, fazer coisas interessantes.

— Está bem, Luiz, conte suas aventuras. Escolha a melhor e me mata de inveja.

— Sem ironia, eu gosto de variar. Costumo ir ao shopping center, finjo que vou fazer compras, daí olho uma e outra e começo minha aventura.

— Quando perguntam que idade você tem, o que diz?

— Dou dez por cento de desconto para a minha idade e digo que tenho 61 anos.

— Engole 7 anos! Por que não diz que tem 68?

— Porque a mulher vai achar que sou velho...

— Luiz, crie juízo.

— Menino, algumas dessas mulheres são carentes. Você não faz ideia do que elas são capazes...

— Não fique chateado com o que vou dizer, mas... você não se sente meio ridículo ao fazer isso?

— Nem um pouco! Isso me rejuvenesce, me faz sentir vivo.

— Se você é feliz assim, fico contente, mas não tenho vontade nenhuma de ser garanhão nessa idade. Aliás, acho que nunca fui do tipo, essas coisas dão muito trabalho. As poucas vezes que saí depois que Stella morreu, era como se tivesse traindo a memória dela. Acabava me fazendo mal, entende?

— Tento entender seus sentimentos, mas você tem de encontrar um motivo para viver. Ou vai virar hipocondríaco, morrer de tédio ou, pior, ir a um terapeuta e se preparar para a morte.

— Ah...

— Vamos sair. Preciso comprar algumas coisas para meus filhos e netos.

— Isso é bom.

— Podemos aproveitar para ir ao cinema e jantar. Vamos passar o dia fora. E, por favor, roupa social ou um casual bem elegante.

— Por que isso, Luiz?

— Nunca se sabe. De repente a gente pode encontrar uma mulher bonita...

— Preciso fazer supermercado. Enquanto isso você, garotinho novo, fica passeando no shopping. Eu compro as coisas necessárias para as nossas refeições. Vamos de uma vez.

Roberto vivia seu mundo e Luiz era exatamente o oposto. No fundo, divertia-se ao ver como o amigo encarava a vida aos 68 anos, dizendo que tinha menos. Lembrou-se de quando era garoto, com 16 anos, e queria que todos pensassem que tinha 18. O mundo é estranho, pensou.

Foram às compras. Marcaram um horário para a volta e Luiz chegou todo eufórico. Tinha conseguido o telefone de uma "senhora".

Roberto ficou indignado. "Que coisa mais aborrecida ter de ouvir essas besteiras", lamentou em silêncio. Ao chegar em casa, como sempre, ligou o notebook. Cláudio tinha deixado recado, como sempre fazia. Roberto ligou para o filho e ambos conversaram um pouco. Depois Luiz também falou com Cláudio. Em seguida apareceu Daniel.

— Oi, vovô! Quando você vem para cá?

— Logo, meu querido. Combinei com seu pai que vou quando ele e sua mãe tirarem férias. Vou ficar com você.

— Ah, tá bom. Quando será?

— Ainda não sei, mas logo que ficar sabendo eu aviso você... o vovô o ama muito, tá?

— Eu também o amo muito.

Depois da conversa, Luiz perguntou para Roberto:

— Por que não vai morar lá?

— Nem sonhando! Agora poderei ir e ficar um pouco mais. Estou pensando em passar um mês com eles. Cláudio e Júlia vão viajar para a Europa e eu cuidarei de Daniel, acho que por uns 15 dias. Preciso ir para a Itália.

— Se morasse nos Estados Unidos, viveria perto da sua família.

— Não, não. Tenho essa casa e a da praia para cuidar, e elas dão muito trabalho. Falando nisso, vamos passar o fim de semana lá? Preciso falar com o jardineiro, há muita coisa a fazer. Há tempos não vou para a praia.

— Você gosta da casa, não?

— Muito! Foi comprada com um sacrifício imenso. De vez em quando aparecem corretores querendo comprar, pois é o único terreno que dá direto no mar. É possível construir um imenso hotel no local.

— Nunca pensou em vender?

— Nem sonhando. Será de Cláudio e depois de Daniel. É um pedaço do paraíso, sempre adorei o lugar. Mas ir sozinho não é bom. Você vai ver, a cidade cresceu tanto que o único verde intacto é o do meu jardim. Era um sítio de frente para o mar, a casa já foi pintada umas dez vezes, e o local é lindo.

— Será bom passar um fim de semana na praia.

— Ótimo!

No final da semana ambos se dirigiram para o litoral. Luiz, falante e com o otimismo de sempre, estivera muitas vezes na casa da praia. Daquela vez, ficou espantado como tudo havia mudado.

A casa ficava no final de uma encosta e por isso se destacava das demais. O terreno era enorme e muito bem cuidado, a morada era simples, branca. Parecia uma casa de fazenda, com varanda em toda a volta. Tinha duas suítes, dois quartos, um banheiro, sala bem grande que dava vista total para o mar, uma cozinha excelente, que era o local onde aconteciam as refeições, e televisão. Um lugar agradável, cuja porta sempre aberta deixava uma brisa marítima entrar e refrescar nos dias quentes. Havia um galpão do lado direito onde cabiam dois carros, despensa, local para guardar uma série de coisas como um barco velho, sobre uma plataforma com rodas, que há anos deixara de ser usado e que ali estava somente porque Roberto jamais quisera se desfazer dele.

— Por que não arruma esse barco?

— Não sei... Sabe, um dia estávamos aqui, Stella, Cláudio e eu, e vimos um barco passar bem próximo. Cláudio e Stella começaram a falar de comprar um. Achei a ideia maravilhosa, mas era apenas gerente e não tinha dinheiro suficiente. Comecei a guardar, escondido, o aumento que tivera, e uns três anos depois comprei esse barco, que é apenas uma canoa com motor.

— Stella e Cláudio devem ter ficado maravilhados!

— Verdade. Naquelas férias parecíamos três bobos... — Roberto riu. — Dava um trabalho enorme levar o barco até o mar, uma vez que aqui há ondas e não é permitido construir um píer. Um jardineiro nos ajudava a empurrar esse carrinho maluco até lá. Acho que levávamos uma hora nisso. Tirei meu brevê de piloto, obrigatório, e a gente passeava bastante. Mas era uma luta, na volta tínhamos de parar perto da praia, puxar o barco, colocá-lo no carrinho e trazê-lo para o galpão. Algumas vezes arrastávamos para a praia e o prendíamos com cordas para não perdê-lo, para o mar não o levar para longe.

— Mas hoje há carrinhos mais práticos, que descem rampas. Já vi isso.

— Devem haver coisas mais práticas, mas antes era assim. A última vez que andamos de barco foi quando Stella, já doente, pediu que a levássemos para dar uma volta. Eu e Cláudio fizemos isso, mas não cumpri o desejo dela.

— Que desejo?

— Ela pediu que fosse cremada e que as cinzas fossem jogadas no mar, aqui em frente, num passeio de barco. Cláudio e eu devíamos fazer isso.

— E por que você não fez?

— Não sei. Quando ela morreu eu não quis isso. Quis deixá-la mais perto de mim e enterrei-a no cemitério.

— O que o Cláudio falou?

— Acho que ele me viu tão triste, tão desesperado, que apenas comentou o pedido da mãe, sobre jogar as cinzas aqui. Mas afirmou que concordaria com o que eu decidisse. Ele detesta cemitérios e eu respeito isso, mas não consigo evitar, sempre o levo ao cemitério para visitar a mãe.

— Você está errado.

— Eu sei, mas sempre acho que Stella falou sobre jogar as cinzas no mar por saber que morreria em breve e por estar no barco onde muitas vezes fomos felizes.

— Por que vocês não tiveram mais filhos?

— Stella queria, mas não aconteceu. Quando fomos fazer exames para saber o motivo de ela não engravidar, o médico descobriu que havia um problema sério. Não era câncer, mas precisava de uma cirurgia. Ela passou pela cirurgia, ficou bem, mas sem condições de gerar um irmão ou uma irmã para Cláudio, que à época devia ter uns quatro anos, no máximo.

— Vocês poderiam ter adotado.

— Stella disse que, já que tínhamos um filho, faríamos tudo por ele e nunca mais pensamos nisso. O tempo passou e... é isso, meu amigo. Não entendemos bem os caminhos de Deus, mas é isso. Às vezes converso com Ele e, apesar de nunca ter reclamado diretamente, Ele me deu uma vida maravilhosa, uma mulher fantástica, um filho honesto, correto, trabalhador, lutador mesmo, e uma nora que é um encanto de pessoa. Ela abandonou a família rica em troca de um amor e um neto encantador, uma criança doce.

— Só não entendo, Roberto, tanto apego ao passado, quando você tem o presente para desfrutar.

— O presente acabou faz tempo. Tive tudo do bom e do melhor.

— Vou lhe dizer uma coisa, rapazinho: precisa retomar a força que tinha, a alegria de viver, os churrascos, as festas, os amigos que convidava naquelas ocasiões. Não é possível que você tenha eliminado tudo o que era bom para viver do passado. O passado acabou, foi bom, mas faça ser bom o presente também. Você me critica por causa das minhas namoradinhas, acha que sou velho demais para andar atrás de saias, como se falava no nosso tempo, mas é o que me dá razão para viver.

— Acho que você é desequilibrado! — disse Roberto, mais para encerrar a conversa.

Desabafou o que o coração carregava, pois sabia que jamais poderia voltar a ser o homem que fora um dia. Qualquer pessoa mais sensível diria que Roberto vivia em profunda depressão, mas ele jamais aceitaria o diagnóstico. Mudar? Como? Voltar a fazer festas? Nem pensar!

A praia era quase particular. Os empresários do setor de construção civil já tinham feito propostas praticamente irrecusáveis sob o ponto de vista financeiro, mas Roberto não as aceitara. Tinha paixão pela casa da praia. Quando comprou, não havia outras residências naquele lugar. Contou a Luiz que viu todas as casas da vizinhança serem construídas, mas a única voltada para o mar era a dele, que foi negociada com o empresário que loteara o local.

Como o mar contornava uma montanha de um lado, e do outro uma encosta rochosa, não havia passagem de pedestres. A casa ficava totalmente isolada, de frente para o mar. Entrar no terreno exigia vencer um caminho de pedras de quase 250 metros, feito pelos antigos moradores. Quando chovia muito era um drama, pois não havia outra entrada. Para os demais moradores havia uma rua lateral. Mas, quando o tempo estava bom, era uma maravilha. O centro da cidade ficava a três quilômetros e meio. O caminho de pedras terminava justamente na entrada da casa de Roberto. De longe não se via a casa, apenas o telhado. O terreno era imenso, cercado por um muro de dois metros de altura e com um portão aberto por controle remoto. Já as laterais do terreno davam para a encosta, tanto de um lado como do outro.

De longe, viam-se apenas um portão e muros. Como os vizinhos também construíram, o local ficava camuflado. No início, alguns quiseram que Roberto lhes permitisse passar pelo jardim a fim de alcançar a praia, mas, numa reunião com os habitantes, ele não permitiu. Não houve problemas. Os outros moradores iam à praia do vilarejo, que tinha infraestrutura para turistas. A dele era uma praia selvagem; nada havia a não ser o lindo mar.

— Os vizinhos nunca mais vieram pedir para usar a prainha?

— Não, Luiz. Só pediram na ocasião em que começaram a construir. Aqui é como um retângulo, mas os terrenos terminam na rua de pedras. Eles têm a frente para as ruas laterais, que ficaram sem saída, mas podem usar a praia do vilarejo. Em pouco tempo isso aqui viraria um caos, com gente se apinhando na prainha. Levando em consideração que a praia é bem pequena, quando a maré sobe sobra pouco espaço. Já tivemos o terreno quase inundado. A casa está bem afastada. A construção é antiga e, apesar de tantos remendos, o dono loteou da maneira como está. Ninguém a comprava porque ficava longe e a cidadezinha não tinha nada. Um dia passei aqui com a Stella e vimos a placa de "Vende-se". O dono estava se mudando para o Rio de Janeiro. Quando manifestei a vontade de comprar a propriedade, ele concordou em vender. A casa não estava nem acabada. Na época havia uma cerca com arame dividindo os lotes. Acho que só mais de cinco anos depois ele começou a vender os primeiros lotes. O difícil foi fazer o muro, quase duzentos metros, levamos uns seis anos só para isso. Fazíamos uma parte, depois outra, depois outra...

— É um belo patrimônio.

— Sim, é. Eu disse a Cláudio que, se ele quisesse, poderíamos vender a propriedade para que comprasse uma casa nos Estados Unidos. Já lhe contei que Júlia ama essa casa. Quis se casar aqui, lembra? Cláudio me pediu para não vender, disse que gosta de passar temporadas aqui e que eu somente a vendesse se acontecesse alguma coisa muito séria.

— Ainda bem que não aconteceu!

— Vamos procurar o jardineiro? Ele vem a cada quinze dias limpar o terreno, cortar, mas preciso de muito mais do que isso.

Luiz precisou fazer alguns exames mais detalhados e acabou ficando quase duas semanas em São Paulo. Apesar das horas agradáveis, Roberto ficou aliviado quando o amigo retornou para Porto Alegre. A insistência em querer que ele mudasse seus hábitos era insuportável.

4. Viagem aos Estados Unidos

Cláudio e Júlia preparavam-se para uma turnê pela Europa. A primeira parada era Paris, para um evento de moda. Depois Munique, para uma reunião de negócios em que o executivo tentaria assinar um contrato para entrar no mercado alemão. Depois o casal alugaria um carro para ir até Zurique, na Suíça, passando, no percurso, por diversas cidades europeias. De lá voltariam para os Estados Unidos.

Roberto ficaria com Daniel durante os primeiros quinze dias e depois viajaria para a Itália. Ficou imensamente feliz em visitá-los. No saguão do aeroporto, viu Júlia sair correndo para abraçá-lo.

No carro, os dois conversavam alegremente, como sempre faziam.

— Mas você deixou a redação para me pegar no aeroporto, Júlia? Eu falei que tomaria um táxi. Ficaria mais fácil.

— Não, Roberto, preciso terminar de fazer as malas, pois embarcamos hoje à noite para Paris. Chegaremos amanhã cedinho, na hora do desfile, das conversas, das fotos. Já disse para o Cláudio aproveitar e ir ao museu do Louvre ou ao D'Orsay. Depois iremos juntos aos desfiles da noite e em seguida jantaremos num daqueles restaurantes bem gostosos e econômicos.

— Que linda viagem... Paris é sempre Paris!

— Estamos viajando economicamente, Roberto. A revista paga hotel, passagem e refeição; a empresa do Cláudio paga a passagem até a Alemanha, hotel e refeição. O restante é por nossa conta. Vamos gastar pouco, pois queremos economizar para comprar a nossa casa.

— Júlia, vamos vender a casa da praia? Dá para vocês comprarem uma boa casa aqui.

— Estamos aguardando a viagem do Cláudio para Munique. Se tudo der certo, ele ganhará um aumento e uma transferência para Nova York. Eu consigo ir para lá, pois uma colega de redação de Nova York quer vir para cá. Assim, faremos uma troca. Já falei com meu chefe e ele disse que tudo bem, ela é até melhor do que eu.

— Imagine!

— Ela é mais experiente na função. Bem, se isso acontecer, melhor. Nova York é o nosso sonho. Lá compraremos a casa. Cláudio fala espanhol, alemão, inglês e português, e por isso está sendo enviado a vários países. Será sua primeira viagem à Alemanha. Se der certo, nossos sonhos vão se realizar.

— Se Deus quiser seus sonhos vão acontecer, Júlia. Vocês merecem muito isso. Mas não esqueça: a casa da praia pode ser vendida para vocês adquirirem um lar. Não entendo bem os preços aqui, mas pode ajudar muito.

— Fique tranquilo, Roberto, vai dar tudo certo. A viagem me deixa feliz.

— Fico contente.

— É a primeira vez que viajamos juntos para algum lugar, sem ser o Brasil. É uma segunda lua de mel.

— Que bom! Quanto ao Daniel... está contente com a minha vinda?

— Está exultante! Acho, porém, que vai sentir nossa falta. Mas terá com que se ocupar: as aulas de todos os dias. Nós dois iremos buscá-lo hoje e você aprenderá o caminho. Não é longe.

— Ele tem horário para dormir? Comer? Fale tudo, para que eu saiba como não estragar a ótima educação que vocês lhe dão.

— Fiz uma lista de tudo que poderá ser útil. Está no seu quarto. Leia quando ele estiver na escola. Você sabe como seu neto é dengoso... — Sorriu. — Procuraremos entrar na internet todos os dias para falar com ele, certo?

— Isso é bom.

— Já avisamos que deve obedecer ao vovô. Ele só tem você como parente. — Virou-se para o sogro. — Venha morar conosco.

— Não, querida. Visita dá certo porque é algo temporário, mas mesmo assim de vez em quando até cansa. Obrigado, prefiro assim, vou e volto, vocês também. Se não puderem ir, eu venho. Deixemos assim por enquanto.

— Você é quem sabe, meu paizinho. Amo você muito, muito. Você fez por mim o que meu pai biológico jamais faria.

— Tem notícias deles?

— A última vez que liguei foi para contar que o neto havia nascido, e ele disse que, se não tinha filhos, não poderia ter netos. Depois, aqui nos Estados Unidos, vi uma foto dos dois num evento. Acabei descobrindo o hotel em que estavam e pedi para falar com minha mãe. Ela me atendeu e disse que agora saberia o que era ser mãe e ficaria desiludida. Insisti, disse que ela adoraria o neto, e como resposta ouvi que meu pai havia perdido milhões de dólares por eu não ter casado com o pretendente que faria a fusão das empresas.

— Nunca mais ouviu falar em seus pais?

— Procuro nem ler páginas sociais, mesmo que às vezes meu trabalho exija. Olho as fotos e procuro esquecer. Semana passada li que meu ex-pretendente, com quem rompi um dia antes de conhecer Cláudio, casou-se pela terceira vez. Nasci para seu filho, sou perdidamente apaixonada por ele.

É o melhor homem do mundo, fiel, correto, trabalhador, bom pai, me ajuda o tempo todo em casa. Você soube criá-lo.

— Acho que é mérito de Stella.

— É seu também. Não seja modesto.

— É que você é um anjo, minha filha. Sempre agradeço a Deus o fato de Cláudio tê-la conhecido.

— Quanto a mim, tenho um filho lindo, um maridão e um paizão.

— Não guarde mágoa de seus pais.

— Já os perdoei, pois não entenderam que Cláudio era mais importante do que todo o dinheiro do mundo. Fui apenas parte de um negócio. Se eu tivesse me casado com Steven, teríamos a fusão das empresas, o que geraria muitos dólares, mas depois de um tempo ele pediria o divórcio e dividiríamos os lucros. Meus pais seriam felizes, não eu. Ainda teria de dar um herdeiro para ele para manter o nome da família.

— Às vezes eu me questiono... Você abandonou tudo por um amor.

— Pense assim, **Roberto**: se um dia lhe perguntarem o que eu vi em Cláudio, diga que vi uma vida de trabalho, amor e felicidade. Essas três palavrinhas, em qualquer ordem, me fazem feliz como esposa, como mãe, como companheira. Nenhum dinheiro faz isso. Durante muitos meses Cláudio não soube quem eu era, e eu tinha medo de que ele lesse numa dessas revistas de banalidades. Quando eu disse que o amava, não estava brincando. Saí de casa porque meus pais não o aceitaram e fui morar com vocês. Fiz a minha escolha e pode ter certeza de que foi a mais certa da minha vida.

— Fico feliz por vocês.

— Veja — disse Júlia, apontando o portão. — Chegamos em casa!

Mais tarde Roberto foi, com Júlia, pegar Daniel na escola. O pequeno abraçou o avô com força, beijou-o e perguntou-lhe se havia trazido alguma coisa do Brasil.

— Vovô trouxe umas coisinhas para você. Coloquei em cima da sua cama.

— O que é, vovô? Que são essas coisinhas?

— Você verá quando chegar em casa.

— Agora vamos pegar o papai, Daniel. Em seguida iremos todos para casa.

— E depois? — perguntou Daniel.

— Depois tomaremos um lanche, pegaremos nossas malas e você e o vovô nos levarão ao aeroporto.

Roberto e o neto entreolharam-se.

— Você vai ficar com o vovô, que vai cuidar de você. Tudo bem?

— Tudo bem, vovô, mas... droga, depois que eu me acostumar com você, você irá embora.

— Meu amor, você tem o papai e a mamãe. Quem sabe agora, que eu me aposentei, possamos ficar mais um pouco juntos.

— Promete?

— Prometo.

Cláudio estava na porta da empresa esperando por eles. Entrou no carro rapidamente, cumprimentou Roberto e foram para casa.

— Dificuldade para dirigir, papai?

— Não, filho — respondeu Roberto. — Seu GPS é ótimo. Manda virar para a direita, esquerda, e eu obedeço. Simples assim.

— Olhe, fiz uma lista com os endereços e os telefones dos hotéis em que vamos nos hospedar. Somente não sabemos ainda onde ficaremos na Suíça, pois pretendemos parar em algumas cidadezinhas que a Júlia conhece.

— Você já esteve na Suíça? — Daniel perguntou, olhando para a mãe.

Cláudio respondeu:

— Sua mãe esquiava lá todos os invernos, quando era bem mocinha...

— Verdade, mamãe?

— É verdade, filho. Meus pais têm um chalé nas montanhas, perto de Davos. Nas minhas férias, eu ia esquiar lá, e em outras cidades também, como Klosters, Saint Moritz...

— Quem são seus pais? Por que eu não os conheço?

— Você tem outro vovô que se chama Gregory e uma vovó que se chama Jennifer, mas eles nunca vieram nos visitar nem nos convidaram para visitá-los. Quem sabe um dia apareçam, não é? Você tem Roberto, que é um grande avô.

Daniel não fez mais perguntas.

Ao chegar, fizeram um lanche e foi uma correria dar conta de tudo. Colocaram as malas no carro. Cláudio resolveu dirigir na ida; Roberto assumiu a direção na volta. Ao retornar à casa, ele e Daniel estavam exaustos.

— Quer tomar leite, meu filho? Água? Quer comer alguma coisa?

— Vovô, vou trocar de roupa, pôr o pijama. Você me leva água, por favor?

— Levo sim. Pode ir.

Em seguida, Roberto pegou um copo com água e foi até o quarto de Daniel. O menino estava acabando de colocar o pijama.

— Quer ajuda com os botões?

— Quero sim, vovô.

Roberto abotoou a blusa do pijaminha, deu-lhe água e colocou-o na cama, ajeitando as cobertas.

— Você vai rezar um Pai-Nosso agora, não vai? Vamos rezar para Deus proteger o papai e a mamãe na viagem. Eu rezo com você.

— Está bem, vovô.

Roberto ajoelhou ao lado da cama do netinho, rezou com ele. Mal acabou a oração, o menino adormeceu. Ele então apagou a luz do teto e deixou somente a do abajur, como Júlia fazia.

Foi para seu quarto. Colocou o pijama e em seguida também adormeceu. Acordou com o despertador. Levantou, preparou o café, acordou Daniel e deu-lhe um beijo.

— Bom dia, querido! Mamãe deixou uma roupa para você colocar hoje.

— É a roupa da escola, vovô.

— Certo. Vai tomar banho agora?

— Posso tomar banho na volta?

— Pode. Então lave bem o rosto e vista-se. Vovô já vem pentear você.

— Tá bom.

Roberto sorriu, feliz, e se lembrou de quando fazia isso com o filho.

Não demorou muito e Daniel entrou na cozinha, todo despenteado.

— Vamos pentear o cabelo, Daniel?

— Eu já penteei, vovô.

— Reparei, mas... posso dar um jeitinho para ficar melhor? Se você não gostar, basta pentear de novo do seu jeito. Tudo bem?

— Tá bom.

Roberto foi até o banheiro, pegou o pente, voltou, penteou o neto e disse:

— Pronto, está mais bonito ainda do que é.

Daniel tomou o café da manhã.

— Vamos, vovô?

Entraram no carro e rumaram para a escola. Chegaram na hora certa. O segurança abriu a porta e o conduziu para dentro do prédio. Daniel falou em inglês com ele, explicando que aquele era seu avô. O segurança disse que já havia sido comunicado pela escola que ele viria com o avô, no carro da família. Roberto ficou espantado com a eficiência da escola.

Voltou para casa, preparou a comida para quando o menino voltasse. Depois foi até o supermercado, fez algumas compras, assistiu a um pouco de televisão e adormeceu. Acordou assustado, achando que dormira demais. Olhou o relógio e viu que precisava sair para ir buscá-lo. Chegou a tempo de pegá-lo.

O segurança o levou até o carro, abriu a porta e Daniel entrou.

— Posso sentar na frente, vovô?

— Infelizmente não. Gostaria muito que você estivesse aqui do meu lado, mas lei é lei.

— É, o papai fala o mesmo.

— Como foi seu dia hoje?

— Normal.

— O que você aprendeu?

— Hoje eu comecei a aprender a desenhar...

— Mas você já desenha!

— É que agora não é mais brincadeira, vovó. Agora é sério.

— O que significa sério?

— É pintar de verdade com tela, pincel e tintas.

— E como o professor explicou para pintar a tela?

— Ele mandou pegar um desenho, sabe, desenho furado.

— Furado? Seria um patinho, por exemplo, e tem os lugares furados para pintar na tela, é isso?

— Isso vovô, mas não era um patinho, era uma casa, uma árvore, um lago e uma montanha.

— Está interessante a sua aula. Continue, por favor, estou morrendo de curiosidade para saber o que você fez.

— Eu peguei e montei as... como se fala isso no Brasil, vovô? Aqui eles dizem *picture*.

— Gravuras, quadros, pinturas, desenhos.

— Montei as gravuras na tela, coloquei a casa, o lago, a montanha, como eu acho que é... Depois passei um lápis por cima e as figuras apareceram na tela. Hoje pintamos somente a montanha.

— Nossa, vai ficar bonito! Papai e mamãe vão gostar muito quando você terminá-lo.

— Vai demorar, vovô.

— É, essas coisas a gente tem de fazer bem devagar. O GPS falou uma coisa que eu não entendi.

— Se você errou o caminho ele repete tudo, mas está certo, mamãe sempre faz esse percurso. Papai prefere fazer outro.

Roberto se encantava com o neto. Era como se Cláudio estivesse de novo a seu lado, quando menino. Ao chegar, entraram pela cozinha.

— Você vai tomar banho agora, certo?

— Precisa mesmo, vovô?

— Precisa sim. Eu vou dar banho em você.

— Não precisa, vovô, eu sei fazer isso.

— Hoje eu vou junto para ver se você coloca a ducha na temperatura certa, para não ficar nem muito frio, nem muito quente.

— Mamãe colocou uma marquinha na torneira... O lado quente e o lado frio têm de ficar na marquinha. Se a água estiver muito fria, aumento um pouquinho só a quente, que é a torneira de pontinha vermelha. Se estiver quente, diminuo a de pontinha azul.

Roberto olhou para o neto e o abraçou:

— Você é muito inteligente, Daniel, muito mesmo! Vovô tem orgulho de você. Mas hoje eu vou acompanhá-lo no banho para ver se está tudo certo.

— Você fazia isso com meu pai, quando ele era do meu tamanho?

— Fazia, sim. E, depois que ele aprendeu, daí eu não ia mais atrás dele.

— Está bem, você vai ver que eu faço direitinho.

Roberto acompanhou o neto até o banheiro e viu que ele se virava bem sozinho. Abriu a torneira, experimentou a temperatura da água para depois entrar e pegar o sabonete com muito jeito. Teve alguma dificuldade com o xampu. Então Roberto foi até o box e colocou um pouco do produto na cabeça dele, pediu-lhe que esfregasse o cabelo e que depois entrasse de novo na água.

Resolveu enxugá-lo para que o banho fosse mais rápido. Deu-lhe para vestir uma bermudinha e uma camiseta. Pegou as sandálias e colocou nos seus pés.

— Estou bem?

— Claro que sim, Daniel. Agora o vovô vai passar o pente no seu cabelo, pois, pelo que se vê, ele não gosta muito de pente.

— Eu também acho.

— Certo, mas agora vamos comer bem gostoso, depois fazer a lição. Tem lição hoje?

— Tem, mas é pouquinha.

Jantaram. Roberto lavou a louça, limpou a cozinha e foi ver televisão. Mais tarde, Daniel se aproximou.

— Fez a lição?

— Já fiz. Posso ficar com você aqui?

— Claro. Ponha a cabeça no colo do vovô.
— E se eu dormir?
— É porque está com sono... Daí eu o levo para a cama.
Ficaram vendo televisão por um bom tempo.
— Bem, você teve aula até quatro da tarde. Sua mãe disse que eles oferecem lanche lá. A comida na escola é boa?
— Eles seguem um menu, vovô. Cada dia é uma coisa. Na quinta-feira você faz lanche para eu levar? Eu não gosto da comida de quinta-feira.
— Faço sim.
— Eu queria ir para a cama para você me contar uma história.
— Então vamos.
Roberto levou o menino para quarto, colocou o pijama nele, mandou-o ao banheiro, perguntou se tinha escovado os dentes.
— Você pegou a minha água, vovô?
— Vou buscar. E você já pode entrar debaixo da coberta.
Foi até a cozinha e voltou.
— Conta a história?
— Qual delas você quer?
— A do gato azul.
— Está bem, vou contar:

Era uma vez um gato azul e branco. Nasceu no país de Siameslândia, onde todos os siameses que nasciam eram sempre muito parecidos, com branco e marrom, mas ele havia nascido azul e branco. Foi um verdadeiro escândalo. A mãe ficou desconcertada, o pai olhava feio como se o filho não fosse dele.

Na hora de ser registrado, olharam bem para ele e colocaram na certidão Bluewhite, mas ficou com o apelido de Bluzinho. Ele cresceu em Siameslândia com um mundaréu de siameses todos iguais, mas ele era diferente, pois tinha a cor azul e branca, com olhos bem azuis, como todo siamês. Era elegante e andava com sua enorme cauda azul em dégradé e o peito bem branquinho. Tinha charme e elegância, como todos os siameses têm.

Os amigos da vizinhança e os da escola onde Bluzinho vivia e estudava viam-no com certo preconceito. Afinal ele não era como os outros. E tinha outra coisa muito estranha, ele não miava igual aos outros; cantava, e muito bem.

Roberto olhou para o neto, que adormecia suavemente. Era sempre essa a história que ele gostava de ouvir, uma história que Roberto contava para Cláudio e agora era a favorita de Daniel. Sempre que o menino ia para o Brasil ou que o avô ia para os Estados Unidos, ele pedia a história do gato azul. Às vezes Roberto começava do meio, mas o neto gostava dela. Sorriu, feliz por estar ali com Daniel. Deu-lhe um beijo e fez o ritual da noite anterior.

O telefone tocou. Era Júlia.

— Júlia querida, como vocês estão?

— Estamos bem, felizmente.

— Daniel pegou no sono agora. Amanhã mande um e-mail dizendo a que hora ele pode chamar vocês aí. O fuso fica complicado.

— Está bem, amanhã falamos com ele. Beijos.

— Para vocês também.

Roberto foi para o seu quarto e adormeceu tranquilamente. Era bom se sentir útil, era bom estar ali.

5. Os anjos vão para o céu

No dia seguinte, as coisas aconteceram como previsto. Assim que chegaram da rua, avô e neto foram até o notebook e chamaram Júlia e Cláudio. Roberto disse alô para os dois e deixou Daniel conversando, vendo os pais pela câmera do computador.

Algum tempo depois o menino entrou na cozinha, avisando que tinha desligado o notebook. Roberto olhou para ele e mandou-o tomar banho.

— De novo, vovô?

— Como de novo? Você tomou banho ontem, banho é todo dia, tem de lavar o corpo diariamente. Você foi ao banheiro hoje, não foi?

— Fui.

— Fez o 1 e o 2?

— Fiz o 1 algumas vezes e o 2 uma.

— A gente transpira, faz o 1, o 2, e precisa lavar o corpo também, ficar bem limpinho. Vou com você.

— Está bem. Vamos logo, então?

— Sim, senhor Daniel, vamos logo com esse banho, esse jantar, para depois fazer a lição, ver televisão e dormir.

— Tudo bem, vovô, desde que você conte a história do gato azul.

— Ontem você dormiu... Preciso contar desde o começo?

— Eu vou lembrar a parte em que você parou.

— Está bem. Vamos para o banho, mocinho.

Os dias foram se tornando rotineiros. No primeiro domingo, saíram para dar uma volta. Logo cedo, Roberto foi para a missa com o neto. Não era bem o programa que os pais de Daniel faziam, mas o garotinho assistiu à celebração com os olhos aguçados, olhando para tudo o que acontecia. Na hora da comunhão, Roberto disse que iria receber a hóstia, que Daniel ficasse ali esperando, mas ele quis ir junto.

Roberto recebeu a comunhão e os dois voltaram para o banco. Depois que saíram da Igreja, Daniel perguntou baixinho:

— Vovô, que gosto tem?

— A hóstia? Tem gosto de Jesus no coração, é um pão feito de uma maneira diferente. Quando você crescer um pouco mais vai receber a comunhão também. Vou falar para os seus pais colocarem você no catecismo. Chama-se primeira eucaristia, ou, como chamavam na minha época, primeira comunhão.

— Eu quero, vovô.

— Está bem.

Entraram num shopping, foram ao cinema, comeram, se divertiram bastante. Quase no final da tarde, voltaram e conversaram com Cláudio e Júlia, que já estavam na Alemanha.

Na hora de dormir, Daniel quis ouvir do avô a história de sempre.

Era uma aberração em Siameslândia, um gato que, em vez de miar, cantava, e em vez de marrom e branco, era azul e branco, com mais azul do que branco.

Seus bigodes eram de tom azul-marinho e as patinhas, branquinhas, assim como o peito. O resto era azul, em dégradé.

Não demorou muito e em todos os lugares onde Bluzinho ia acabavam brigando com ele.

— Oh! Azul, caiu na tinta?

— Ei, Azul, sua mãe tomou anil antes de você nascer?

— Seu pai olhava demais para o céu?

— Como você é estranho, que cor mais desenxabida para um gato!

— Um gato que canta! Que mais vão inventar?

— Deve ter um defeito genético, o avô certamente não era siamês legítimo.

— Você é siamês? Dessa cor? Nunca!

E assim Bluzinho cresceu triste. A mãe era a única que o animava, mas o pai o olhava com certo espanto. Via os irmãos da mesma ninhada, todos iguais. Dos quatro, três eram autênticos siameses, mas Bluzinho era uma desgraça em Siameslândia, uma vergonha para a família.

Roberto olhou para o neto e parou de contar a história. No dia seguinte teria de repeti-la. Nunca chegava ao fim.

No dia seguinte, Roberto se sentiu meio estranho, mas não sabia exatamente por quê. Estava preocupado, pois Júlia e Cláudio disseram que chegariam no domingo. O casal estava perto da cidade de Davos, na Suíça, na quinta-feira.

Ele e o neto tentaram ligar, mas não conseguiram.

— Eles devem estar no meio do caminho e o horário é complicado pelo fuso.

— O que é fuso, vovô?

— Fuso horário... É que existe uma diferença de horário entre os lugares do mundo. Aqui são dez da noite, mas em Zurique são quatro da madrugada. Quando é meia-noite aqui, lá são seis horas da manhã.

— Eles devem estar dormindo.

— Sem dúvida.

Roberto deitou, mas não conseguia dormir. Levantou, e já eram quase duas horas da manhã. Foi para a sala e tentou ligar no celular de Cláudio, depois no de Júlia. Atendeu uma voz de homem. Ele falou, em português:

— Cláudio? É você, filho?

Ouviu uma voz masculina falando alemão. Perguntou em inglês:

— *Do you speak English?*

A partir desse instante começaram a falar em inglês e foi então que o policial suíço contou que houvera um acidente automobilístico e que o casal havia morrido.

Roberto deu um grito e apenas anotou o número do telefone da Suíça e o nome da pessoa que o atendeu.

Júlia havia deixado o telefone de um casal de amigos. Se houvesse alguma emergência, dissera, Roberto poderia ligar para eles. Ele se ajoelhou e pediu a Deus que lhe desse coragem para fazer o que fosse preciso, que lhe desse forças para conduzir aquela tragédia.

Digitou o número do telefone e, com uma voz meio sonolenta, Mike atendeu. Roberto pediu desculpas por ter ligado àquela hora e deu a notícia: Cláudio e Júlia tinham morrido num acidente na Suíça.

Mike disse que iria imediatamente para lá, que ele tentasse se acalmar. Roberto teve uma crise de choro enquanto esperava o rapaz chegar. Daniel acordou, viu as luzes acesas e o avô chorando, sentado no chão ao lado do telefone.

— Que foi, vovô?

Ele abraçou o neto e tentou parar de chorar, mas não conseguiu. O menino perguntou novamente:

— Que aconteceu, vovô?

Roberto, com as lágrimas escorrendo pelo rosto, olhou para a criança:

— Houve um acidente na Suíça e o papai e a mamãe não vão mais voltar para casa.

— Eles foram para onde?

— Foram para o céu. Deus os chamou.

A inteligência precoce de Daniel sempre o impressionara. O menino parecia maduro para a idade.

— Eles morreram?

Roberto somente conseguiu dizer uma palavra:

— Sim.

O menino o abraçou de novo e começou a chorar.

— Eles morreram, não vão voltar. Quem é que vai cuidar de mim?

Roberto o abraçou fortemente:

— Daniel, o vovô vai cuidar de você, e você cuidará do vovô.

Nesse momento Mike chegou.

— Veja, querido, tio Mike está chegando.

Roberto abriu a porta e Mike entrou com um amigo, Albert.

— Roberto — disse Mike — tente se acalmar. Esse é o número?

— Sim, é.

— Vou perguntar tudo o que puderem me informar. Albert é advogado, amigo nosso e do Cláudio. Ele vai para a Suíça no próximo voo. O que você precisa é ficar com o Daniel. Todos nós vamos ajudar.

Ele olhou para Mike, ainda chorando. Agradeceu e sentou-se a um canto, abraçado a Daniel.

Mike e Albert falavam com muitas pessoas. O menino, de tanto chorar, acabou dormindo no colo do avô. Roberto sentia que a cabeça ia explodir. Não queria acreditar que os dois tinham morrido. A polícia confirmara que os corpos estavam num necrotério, na Suíça. Uma hora depois de Mike ter chegado, vários amigos do casal se dirigiram para a casa. O advogado da empresa chegara. Viajaria com Albert.

A única mulher presente era Sarah, esposa de Mike, que foi preparar o café da manhã, pois o dia amanhecia.

O pequeno Daniel dormia no sofá, coberto com uma velha manta. Roberto havia tomado um comprimido que Sarah, que era psicóloga, lhe dera. Ela tentou conversar, mas Roberto somente conseguia chorar, um choro triste, sem mais potência, apenas aquela tristeza infinita que invade o coração de quem perde o seu maior tesouro. Como viveria sem o filho e sem a nora? Mas olhava para Daniel e pensava: "Essa criança somente tem a mim na vida". Sabia que era necessário estar lúcido para cuidar do neto.

O comprimido fez efeito e deixou Roberto meio grogue, sem muita força para continuar chorando, mas sem condição de dormir. Daniel acordou e abraçou o avô. Sarah conversou com a criança bastante tempo. Era sua especialidade lidar com crianças em situação difícil. Daniel, depois, voltou para os braços do avô e não o largou mais.

O período da manhã foi muito difícil, mas os amigos de Cláudio e Júlia estiveram presentes o tempo inteiro, revezando-se nas soluções. Lilian, uma das vizinhas, preparou uma torta de frango e a levou para Daniel e Roberto. O avô conduziu o neto para a cozinha e fez com que ele comesse um pouquinho. Devido à insistência de Lilian, colocou um pedaço na boca e bebeu uma xícara de café. Depois levou Daniel para o quarto. Sarah novamente foi ao encontro do menino e ficou meia hora com ele.

— Roberto — disse Sarah —, ele adormeceu, vamos deixá-lo dormir um pouco. E você, como está?

— Muito mal. Quando perdi Stella, achei que o mundo tinha acabado para mim, mas perder o Cláudio e a Júlia... Jamais imaginei que isso pudesse vir a acontecer. Não sei como, mas Deus há de me dar forças para cuidar do Daniel. Ele só tem a mim... O que vai ser dele? Sem pai, sem mãe, somente com um avô da minha idade?

— Você vai cuidar do seu netinho com amor e é o que basta para Daniel. Sabe, ele me disse agora há pouco, antes de dormir, que ainda bem que tem o vovô.

— É tudo o que me sobrou na vida. Ele é a minha semente, que vou tratar com muito amor, com muito carinho, e regar com toda a minha fé para fazer dele um homem honrado. Juro por Deus, Sarah, que vou lutar por essa criança. Se Deus me deu essa missão, vou cumpri-la até o último dia da minha vida, em nome dos dois que Deus chamou.

Depois calou-se, ficou num canto do sofá e somente voltou ao normal quando o efeito do medicamento passou. Estava bem consciente agora. Era o pior dia da sua existência. Conversou com Deus, dizendo que teve tudo na vida:

a mãe, que mesmo tendo morrido tão cedo, ensinou-lhe coisas boas; o pai, que foi um grande amigo; a esposa, Stella, encantadora; o filho e a nora, que agora estavam com Ele. O Criador tinha-lhe emprestado todos aqueles anjos. Agora voavam para o céu. Mas Ele deixara um ser encantador em sua vida: Daniel.

— Eu não entendo — disse Roberto para as pessoas que o cercavam — por que essa tragédia aconteceu, mas Deus fará com que essa árvore quase seca — e apontou para si mesmo — ainda dê frutos para que Daniel possa ser alimentado. Meu amor por Stella, Cláudio e Júlia será transformado no amor por Daniel e por todos que aqui estão. Deus os abençoe por cuidar de nós nesse momento. Não sei o que seria de mim e do pequeno Daniel sem vocês. Obrigado. Obrigado de coração.

As pessoas se comoveram com seu agradecimento e admiraram a fé que brotava naquele homem de cabelo branco, que parecia trocar sua dor maior pela esperança, pelo amor, para cuidar do neto, que naquele instante se tornava a única luz de sua vida.

6. Momentos de luto

Mike, Albert e Douglas, o advogado da empresa onde trabalhava Cláudio, resolveram quase todos os problemas em relação ao traslado dos corpos do casal. Do aeroporto levaram-nos para uma casa funerária, onde seriam preparados para o enterro.

Douglas e Albert foram falar com Roberto a respeito dos corpos. Albert, bastante rígido, usou as palavras da melhor maneira possível:

— Roberto, o que quer fazer com os corpos? Quer enterrá-los aqui nos Estados Unidos ou cremá-los e levar as cinzas para o Brasil?

Roberto fechou os olhos, pensou um pouco, seus olhos se encheram de lágrimas, mas respondeu:

— Acho melhor levar as cinzas para o Brasil. Vou colocá-las no túmulo onde repousa minha esposa.

— Está bem, nós providenciaremos a cremação. A segunda pergunta é um pouco pior, desculpe, mas... os corpos ficaram em situação deplorável. O pessoal da casa funerária poderá fazer uma restauração dos rostos, mas o resultado será no máximo regular.

— Seu conselho seria lacrar os caixões?

— Nesse caso sim. Fiz o reconhecimento deles com Mike. Sinceramente, penso que Cláudio e Júlia não gostariam que ninguém, inclusive você, os vissem assim.

— Sarah conversou comigo e Mike já havia pedido que ela me ajudasse a decidir isso. Eu gostaria de ver meu filho e minha nora, do jeito que estão, como vocês os viram. Depois, podem lacrar os caixões.

— Não vai ser fácil... Você é pai deles. Faremos a sua vontade, mas não aconselhamos a vê-los, de coração. Acho que sua dor já é muito grande.

— Eu preciso vê-los pela última vez.

— Então faremos uma restauração. Você os verá antes da cremação. Já os amigos verão as urnas lacradas. Pode ser assim?

— Faça isso, por favor.

— Assim será.

Mike perguntou-lhe em seguida:

— Sabemos que os pais de Júlia têm casas no Brasil, nos Estado Unidos e em outros lugares do mundo. Você sabe onde podemos encontrá-los? Afinal, são os pais dela, não é?

Roberto fez que não com a cabeça várias vezes e respirou fundo:

— A última vez que vi os pais da Júlia foi no Rio de Janeiro, quando os convidei para o casamento e eles declinaram do convite. Não me lembro do nome da rua, nunca guardei numa agenda o telefone deles.

— Vamos tentar localizá-los. Pode ser?

— Sim, claro. A propósito, Albert...

— Sim, Roberto.

— Vou precisar de sua ajuda como advogado. Preciso de uma autorização para levar meu neto para o Brasil.

— Verei isso.

— Quando pretende ir? — perguntou Mike.

— Quando tiver a autorização. Será melhor para Daniel. Ele estudará numa ótima escola, onde se fala português e inglês. Começará as aulas no início do próximo ano e terá antes disso um período de adaptação no Brasil.

— Acho que a autorização será um pouco complicada por Júlia ter nascido nos Estados Unidos. Vão averiguar se existem outros parentes.

— Os pais de Júlia nunca viram o menino. Cláudio é brasileiro, Daniel é brasileiro, eu também sou. Júlia era casada com um brasileiro e cidadã brasileira também. Vamos pedir a Deus que o juiz permita minha ida com meu neto sem muitos problemas. Serei o tutor dele. Meu filho e minha nora, pelo que eu sei, não possuem bens, pelo contrário...

Albert perguntou:

— Você tem como provar rendimentos, bens, essas coisas materiais que os juízes pedem?

— Tenho. Tenho condições de dar uma excelente educação a Daniel.

— Há um seguro de vida no nome do Cláudio. Não é uma quantia grande, mas Daniel poderá recebê-la quando completar 21 anos.

— Meu filho me contou que estava pagando as prestações do carro e tinha algumas dívidas com cartão de crédito. Não sei valores, mas o que tiver de ser pago, eu pagarei. Apenas quero voltar logo ao Brasil e entregar essa casa, que é alugada.

— Cuidaremos de tudo isso, Roberto. Falarei com a diretoria da empresa e verei o que poderá ser feito.

— Albert, o que for de direito do meu neto, por favor, faça. O que não for, não peça, nem se preocupe. Os bens maiores já foram embora. Precisamos apenas de fé para prosseguir nessa jornada, tudo bem?

— Fique tranquilo — disse Mike. — Nós somos seus amigos aqui nos Estados Unidos, como éramos de Cláudio e Júlia. Vamos ajudá-los a voltar ao Brasil.

Três dias depois, como havia sido combinado, chegou o triste momento do enterro do casal. Daniel entrou no quarto do avô e olhou para ele:

— Vovô, eu vou ao enterro...

Roberto o abraçou demoradamente.

— Não precisa, querido. Não é coisa para criança.

— Precisa sim, vovô, é o enterro do meu pai e da minha mãe e eu preciso ir.

O verbo "precisar", que Roberto usara de modo tão enfático, também foi usado por Daniel. Ele não sabia o que fazer, mas decidiu que deveria deixar o neto acompanhar o enterro, para que no futuro não houvesse traumas. E, se houvesse, que Deus o perdoasse. Sim, levaria o menino. Ele tinha razão: eram seus pais!

Roberto chegou com Mike, Sarah e Daniel. Havia combinado com Mike e Sarah que iria à frente e eles ficariam com o menino. Veria os corpos, se despediria deles e mandaria lacrar o caixão.

Foi o que fizeram. Roberto entrou sozinho na casa funerária. Os amigos ainda não tinham chegado. O gerente o recebeu e o levou para dentro.

Deixou-o sozinho. As urnas estavam apenas com a parte de cima aberta. Roberto olhou primeiro para a direita, e lá estava Júlia.

A maquiagem deixara-a bem diferente, mas conservara o rosto que Deus havia lhe dado. Olhando demoradamente, Roberto viu a reconstituição de todo o rosto. Rezou ali, olhando aquele corpo que mostrava tanta vida alguns dias antes. Nas marcas profundas haviam sido enxertadas cera ou algo assim. Realmente, Albert e Mike tinham razão, ninguém deveria vê-la morta. Era melhor que todos guardassem a lembrança de um rosto perfeito e lindo.

Suas lágrimas não paravam. Olhou então para o filho. Certamente a cabeça deveria ter sido quase esmigalhada. Era impossível não perceber como o acidente destruíra seu rosto. A reconstituição foi perversa. Cláudio ficou feio, escuro. Roberto foi ao chão, de joelhos, soluçando, sem vontade de sair. Tentou rezar e começou o Pai-Nosso dez vezes, mas não conseguiu ir adiante.

Aos poucos sentiu o toque de uma mão, querendo ajudá-lo a levantar-se. Era o gerente da funerária. Aceitou a ajuda. Levantou-se, agradeceu. O homem permaneceu a seu lado. Ele acariciou o rosto do filho e o da nora. Fez o sinal da cruz na frente dos caixões e pediu que o gerente os lacrasse.

Alguns minutos depois, as pessoas começaram a chegar. Aos poucos o velório tomou forma, com os amigos vestindo roupas escuras. A maioria estava de preto.

Daniel procurou o avô e o levou a sentar-se no banco que haviam lhes reservado.

O padre O'Connor, já paramentado, esperava a acomodação de todos para iniciar as exéquias. Olhou para Roberto, que o conhecia da primeira vez que visitara seus entes queridos. Haviam conversado no dia anterior. Perguntou se podia começar. Roberto concordou.

O padre fez todo o ritual católico, como combinado. Leu o Evangelho sobre a Ressurreição de Lázaro e depois fez uma linda homilia, com muita emoção. Abençoou a todos. Em seguida convidou Mike para falar sobre Cláudio e Júlia.

— Faz quase cinco anos que Cláudio e Júlia se mudaram para nossa comunidade. Eram adoráveis, um casal que se amava muito e que cuidava do pequeno Daniel com um carinho muito grande. Lembro que houve uma mútua simpatia entre nós. Quando chegaram, fomos até lá e levamos uma torta de maçã. No dia seguinte, veio um bilhetinho de Júlia, convidando-nos para jantar no sábado. O convite foi extensivo para vários casais. Desde então nunca nos separamos. Minha esposa Sarah acabou sendo a melhor amiga de

Júlia. Roberto veio logo em seguida, avô doce e carinhoso, sempre que vinha trazia presentes do Brasil para todos. Aprendemos até a comer feijoada, a beber caipirinha. Sempre que ele vinha do Brasil, Cláudio e Júlia reuniam todos para mostrar as fotos e compartilhar alegrias. Vai ser muito difícil viver sem esses nossos queridos amigos. Vamos pedir a Deus que Ele dê saúde e paz para Roberto e Daniel, que vão viver no Brasil, e que Cláudio e Júlia estejam nos braços de Jesus Cristo e de Maria, Mãe de Deus.

Em seguida convidou Roberto para falar sobre o casal. Ele pegou a mão do neto e o levou até onde estava o microfone.

— Meu coração está triste porque chegou a hora de devolvê-los para Deus. Deus nos dá tudo o que temos. Nada é nosso, tudo é Dele, o que Ele nos faz é emprestar, mas um dia temos de devolver e agradecer porque fomos muito felizes com o que Ele nos deixou para amar. Ele nos emprestou Cláudio e Júlia, que muito amamos. Agradecemos por ter tido um tesouro tão lindo e o devolvemos. Sem questionamento algum, Deus sabe suas razões, podemos até não concordar, mas sabemos que Ele decidiu e cabe a nós acatar suas decisões. Não é fácil, nesse momento de luto, momento de dor e momento de uma fé inabalável no Senhor, aceitar tal destino. Mas entrego, Senhor, em vossas mãos, como fiz com minha esposa Stella, os meus filhos Cláudio e Júlia para que repousem em serenidade junto a todos os santos, pois eles serão sempre os anjos que conhecemos na Terra e que agora foram para o céu. Deus permita que eu cuide do meu neto Daniel, em memória eterna dos filhos que estou entregando.

As lágrimas caíam-lhe pelo rosto. Daniel as limpou com suas mãozinhas e Roberto lhe perguntou se também queria falar alguma coisa. Ele disse que sim.

Todos olharam, comovidos, a cena. O menino olhou em volta:

— Eu e o vovô vamos cuidar um do outro, vou sentir saudades de vocês. Se sentirem saudades de mim e do vovô, vamos ficar felizes se vocês forem nos ver, não é vovô?

Roberto levantou o menino no colo e disse no ouvido dele "diga obrigado por tudo o que nos ajudaram".

O menino repetiu o que o avô dissera.

Em seguida, o padre O' Connor deu a benção final das exéquias e os caixões foram levados até a entrada do forno crematório. No aparelho de som soava uma música brasileira, a mesma do casamento, e que era a trilha sonora do casal.

As pessoas começaram a sair da casa funerária.

— Por que os caixões foram lá para dentro, vovô?

— É o crematório — ele resolveu simplificar a explicação. — Nós viramos cinzas e depois nos colocam numa caixinha, vem um anjo, assopra e as cinzas vão voando até o céu e lá viram anjos...

Daniel achou a história muito estranha, mas resolveu não contrariar o avô e fez de conta que aceitou o que ele dissera.

— Se você acredita nisso, vovô... eu também vou acreditar.

7. Direitos e deveres

Após a missa de sétimo dia, celebrada pelo padre O'Connor, Albert entrou com os documentos, em nome de Roberto Alcântara Moran, para solicitar ao juiz a guarda de Daniel Knight Alcântara Moran, filho de Cláudio Duarte Alcântara Moran e Júlia Knight Alcântara Moran, falecidos num acidente de automóvel na Suíça.

Roberto leu e pediu para o advogado explicar alguns termos que não entendia.

— Quero voltar o mais rápido para o Brasil. Preciso ver a escola do menino, se bem que já enviei e-mail solicitando uma vaga para ele iniciar no próximo ano. Não demora muito, já estamos em outubro.

— E Daniel?

— Voltou para a escola ontem. Ele precisa de mudança. A imagem da casa, dos pais, da escola, vai sufocá-lo ainda mais. Indo embora, as imagens ficam mais distantes e, apesar da saudade que ele vai sentir, novas imagens e novos passeios vão apagando o que aconteceu, apesar da mente ativa e da inteligência rara que esse menino possui.

— Outra coisa, há dois seguros de vida: um de Cláudio e outro de Júlia. O dele é de 100 mil dólares e o de Júlia, de 900 mil dólares, um total de 1 milhão de dólares. Como é patrimônio de Daniel, ele somente poderá receber aos 21 anos.

— Minha nossa, isso requer inventário ou alguma coisa assim?

— Vamos ver o que o juiz diz sobre isso. Para evitar problemas, deixemos que o juiz decida. Afinal, a decisão é simples: ele receberá o valor aos 21 anos de idade. Você tem condições de sustentá-lo sem esse dinheiro?

— Sim, tenho. Esse patrimônio é dele, e tudo o que tenho também é.

Nem imaginei que eles tivessem seguro de vida.

— Cláudio fez o seguro para Júlia e para o menino, e ela deixou o dinheiro para o marido e para o filho. É comum aqui nos Estados Unidos, mais do que no Brasil.

— O que eu quero é a autorização para ir embora. Se Júlia fosse brasileira, precisaria disso também?

— Não creio. Dependeria apenas de o consulado brasileiro emitir um passaporte para o menino, ou colocá-lo no seu. Aliás, o consulado está a par disso. De qualquer maneira, precisaremos do passaporte. Já falamos com o cônsul em Nova York e o documento está sendo providenciado. Foram encontrados os passaportes dos dois no acidente. Anexamos atestado de óbito e solicitação americana de retorno para o menino.

— Burocracias, como sempre.

— Tenha paciência, meu amigo, logo tudo estará normalizado. Mais uma coisa, soubemos por intermédio de um funcionário do pai de Júlia que o sr. Gregory Knight e uma grande comitiva da empresa dele estão na China.

— Significa que sabem do acidente?

— Sim.

— Acha que virão me procurar?

— Acho que vão tentar pedir a guarda do Daniel.

— Nem sonhando, Daniel nunca viu *esses* avós.

— Que eu saiba, eles não têm herdeiro. Acho que um sobrinho pode herdar alguma coisa, pois ele trabalha com o pai de Júlia. Mas criar um neto para ser o herdeiro, isso seria o ideal da vida deles, você não acha?

— Prefiro pensar que eles não querem meu neto, como não quiseram meu filho e até a felicidade da própria filha. Vamos deixar esse assunto de lado?

— Está bem, mas fique atento, porque o sr. Knight é um homem muito difícil, pelo que se sabe.

Mais tarde Roberto foi buscar Daniel na escola. O menino estava ao lado do segurança e logo entrou no carro.

— Tudo bem, meu filho?

— Acho que não, vovô.

— O que aconteceu? Seu dia foi muito ruim?

— Foi sim. Todo mundo falava do acidente.

— É normal, as pessoas falam mesmo.

— Não é não, vovô, não é normal falarem, perguntarem coisas.

— Que coisas?

— Que meu pai ficou sem a cabeça, que ela desgrudou do corpo.

— Isso não é verdade. O vovô viu, ele apenas feriu a cabeça, bateu forte, mas estava inteiro.

— Falaram que eu vou ser entregue a um juiz.

— Quanta bobagem... São pessoas que não sabem o que falam. Logo, logo vamos para o Brasil. Lá você tem seu quarto, vamos reformá-lo e levar tudo que for preciso, tudo que é seu. Você estudará numa escola onde se fala português e inglês. Ah... e pode escolher mais uma língua para aprender, francês ou alemão. Como seus pais falavam, além do português.

— Eu vou aprender os dois, francês e alemão.

— Está ótimo, você já é bilíngue.

— O que é isso?

— É quem fala duas línguas.

— Então eu vou ser um quatrilíngue?

— Isso mesmo, mas a palavra certa é multilíngue.

— Vovô, não quero mais ir para a escola aqui nos Estados Unidos.

— É por pouco tempo. Logo iremos embora. Mas o Bob, filho do Mike e da Sarah, também estuda lá. Ele é seu amigo, não é?

— Mais ou menos... Ele é maior do que eu, acha que sabe tudo.

— Entendo. Mudando de assunto, fiz aqueles bifes à milanesa como você gosta.

— Fez batata de forno também?

Roberto fez que sim com a cabeça. Sentia um dó inimaginável do neto, que cresceria sem os pais.

À noite, depois do jantar, estavam mais tranquilos, somente os dois. Daniel sentou-se ao lado dele.

— Sabe, vovô, eu tenho muita saudade do meu pai e da minha mãe.

— Eu também, Daniel, eu também. Vamos ter de aprender a lidar com isso. Quer conversar com a Sarah?

— Não, prefiro conversar com você. Você me entende mais do que ela. Você sabia que a mamãe falou que ia fazer uma festa bem bonita no meu aniversário? Eu vou fazer sete anos.

— Se estivermos no Brasil nessa data, e espero que possamos ir logo, vamos fazer uma festinha lá, está bem?

— Eu não quero. Sem meu pai e sem minha mãe não vai ter graça nenhuma.

— Vamos pensar nisso na ocasião. Afinal, seu aniversário é em janeiro. Ainda faltam três meses.

Depois de Daniel se deitar, começou a chover muito forte. Como sempre, o avô levou água e o cobriu. Antes contava a história do gato azul. Depois do acidente, ambos se esqueceram dela.

— Vovô... posso pedir uma coisa?

— Quer que eu conte a história do gato azul?

— Não. Quero ir dormir na sua cama. Estou com medo.

— Está bem, vamos dormir juntinhos.

Roberto pegou-o no colo, levou-o até o quarto e colocou-o na cama.

— Vou vestir meu pijama e venho dormir, está bem?

— Está bem. Não demora, tá?

Roberto voltou logo. Encontrou Daniel acordado e com medo. Os trovões eram fortes, e a cada estrondo o menino fechava os olhos.

— Vem, vovô?

Ele fez que sim com a cabeça e foi deitar. Daniel agarrou-lhe o braço dele e procurou um cantinho ao lado do corpo do avô, onde se sentisse amparado.

Roberto abraçou-o, colocou-o bem junto de seu corpo e acariciou-lhe o cabelo. Daniel foi se acalmando até finalmente dormir, abraçado ao avô, sentindo-se seguro depois da imensa tragédia que se abatera sobre eles.

O avô deixou as lágrimas correrem. Repetiu para si mesmo, várias vezes: "Esse menino tem de ser feliz".

No dia seguinte, a rotina foi a mesma. Roberto não dormia direito, também ele tinha pesadelos. Sonhava com os caixões, acordava, voltava a sonhar, caixões, caixões. Se pudesse nem mesmo deitaria, rezaria para os dois que haviam partido.

Daniel perguntou várias vezes se podia ficar com o avô, a resposta foi sempre não. Roberto achava que a melhor solução era que o neto enfrentasse o problema com seus coleguinhas. Foi consultar Sarah e ela também o aconselhou a seguir a rotina. Pediu-lhe que observasse o comportamento do menino. O que Roberto queria mesmo era voltar para o Brasil.

Duas semanas depois, Albert chegou com a novidade. Ria pouco, era meio sisudo, mas correto. Dessa vez, porém, surpreendeu Roberto com um sorriso.

— Meu amigo, o juiz assinou seu retorno para o Brasil. Pode levar seu neto.

— Oh, meu Deus! Isso é bom demais!

— Preciso esclarecer algumas coisas.

— Diga, que coisas são essas?

— O juiz deu-lhe a guarda provisória, por um ano, o que é muito bom. Mas depois de um ano vocês deverão voltar para os Estados Unidos, a fim de renovar a guarda.

— Ele tomou essa decisão baseado em quê?

— Baseado em que você não é o único parente de Daniel. Segundo o direito internacional, o que conta é o direito do país no qual você tem residência, e no caso de Daniel, a residência dele e dos pais era aqui. E existem outros parentes, no caso a família Knight. Apesar de eles não participarem da criação do menino, e, como foi colocado na petição, de nunca tê-lo visto, o laço de sangue é forte.

— Em outras palavras?

— Você pega o Daniel e vai embora o mais rápido possível. Chegando ao Brasil, pede a tutela dele e fica garantido, se os Knight aparecerem. Você já tem uma tutela aqui. Com mais uma, lá, vai ser uma briga de foice para tirarem o Daniel de você.

— Significa que eles podem solicitar a guarda também? E têm chances?

— Sim, podem. Quanto a chances, vai depender do juiz e da visão que ele tiver sobre você e os demais solicitantes. Em última instância, o juiz pode até ouvir o menino.

— Isso é horrível, chegar até esse ponto!

— Também acho, mas queria alertá-lo sobre o que pode acontecer.

— Obrigado, meu amigo, mas preciso de mais favores. Vou comprar a passagem para o Daniel, a minha eu já tenho. Preciso devolver o apartamento para a imobiliária, o carro para a revendedora e pagar por seu trabalho. Preciso devolver os cartões de crédito do Cláudio e da Júlia, lembrando que, se houver problemas, é a você que vou recorrer.

— A documentação do consulado está resolvida. Basta, por motivos de elegância e bom senso, mostrar que está quite com a justiça americana. Compre a passagem, pegue o passaporte do Daniel e volte para sua casa. Vamos apurar se há algum dinheiro da parte do Cláudio ou da Júlia para o Daniel receber e descontaremos do que você deve. Se faltar, mandaremos a conta. Temos o documento do juiz, a procuração assinada por você. Está tudo certo. Quando pretende ir?

— Depois de amanhã.

— Certo. Mike se prontificou a levá-los ao aeroporto.

— Ótimo.

— Ah, o seguro de vida... O juiz decidiu que será aberta uma conta em nome do Daniel, que será resgatada por ele após completar 21 anos. Deixe assim por enquanto. Se no futuro ele precisar de alguma coisa, você recorre como tutor legal.

— Entendi, muito obrigado. Sua ajuda foi fundamental para resolvermos tudo isso.

— Sinto muito pelo que aconteceu, Roberto, mas tenho certeza de que tudo dará certo na vida de vocês.

— Obrigado, muito obrigado.

No dia seguinte, logo cedo, Roberto e Daniel compraram a passagem, marcaram os assentos e começaram a fazer as malas.

— Vovô, posso levar meu ursinho, aquele que a mamãe me deu?

— Leve tudo o que você quiser, tudo o que achar importante levar. Estou selecionando somente algumas coisas que eram de seu pai e de sua mãe para eu levar.

Quando chegou a noite, os dois estavam cansados. Roberto pediu pizza, o que agradou muito Daniel.

— Não é como a pizza no Brasil, não é, vovô? Mas é muito gostosa também.

— É ótima, Daniel, muito gostosa. Como você disse que era.

— Terminou tudo, vovô?

— Sim, terminou. Só falta separar roupas limpas para viajar amanhã.

— Estou levando os meus brinquedos, todos, minhas roupas, todas, como você colocou na mala, menos a bicicleta.

— Não precisa, no Brasil compramos uma para você. Essa está pequena, lá você vai ter uma maiorzinha. Agora que já fizemos tudo, você vai dormir, está bem? Ainda vou ver se não esquecemos nada.

— Posso dormir com você?

— Será que vai chover?

— Não sei, vovô, mas é o último dia aqui em casa, posso?

— Pode sim. Daqui a pouco eu vou.

Roberto examinou a casa com todo o cuidado possível, olhou os armários, abriu gavetas, caixas, depósito, cozinha, garagem e finalmente o escritório, que ficava perto da sala, onde eles colocavam o computador e coisas pessoais.

Júlia havia deixado o notebook em casa, uma vez que Cláudio havia levado o seu, esmigalhado quando o carro foi atingido pelo caminhão que perdera os freios. O desktop era grande e seria um transtorno levá-lo. Roberto copiou em seu notebook os arquivos do casal. Depois veria com calma se havia alguma anotação ou arquivo importante. Abriu o notebook de Júlia e viu que havia muitas fotos deles e de Daniel. As lágrimas correram e ele fechou o computador. Decidiu que o levaria e guardaria para Daniel, principalmente as fotos que ali estavam. Pegou as anotações e envelopes do neto, referentes a suas visitas ao médico, escola e mais algumas coisas que ela havia separado, caso o menino precisasse.

Deu por terminada a tarefa. Andou pela casa, olhou alguns quadros que ficariam ali e viu que não faltava nada. Espantou-se com as cinco malas que teriam de levar. Por certo pagaria excesso de peso, mas Daniel precisava de tudo o que quisesse. Pegou um blusão de Cláudio como lembrança, que dera ao filho muitos anos atrás e que sabia ser o seu favorito. De Júlia, o notebook para copiar as fotos da família e as poucas joias e bijuterias, numa pequena caixa de madeira, para que um dia, quem sabe, Daniel pudesse dar para a esposa.

Tomou banhou e deitou-se, todo dolorido de tanto mexer em tudo, de não parar o dia inteiro. Deitou e o neto acordou, acomodou-se em seus braços e voltou a dormir. Daniel se sentia docemente amparado junto ao avô.

8. De volta para casa

Amanheceu. Roberto e Daniel tomaram o café da manhã e arrumaram o que faltava. O menino levantou mais feliz do que os outros dias.

— É hoje, vovô, é hoje! A gente vai embora daqui!

— Sim, é hoje. Fico contente ao vê-lo feliz...

Olhou para a foto do casal e pensou como era triste saber que eles jamais voltariam. Olhou para cima e pediu perdão a Deus por aqueles pensamentos. O neto não entendeu o que acontecera com o avô.

O telefone tocou.

— Posso atender, vovô?

O avô fez que sim com a cabeça.

— Vovô, o tio Mike quer saber se pode vir nos buscar.

— Diga que sim, que estamos prontos e com muitas malas.

Mike chegou logo depois. Levava uma maleta pequena, onde se encontravam as cinzas do casal.

— As urnas estão bem embaladas. Pode despachar tranquilo, pois a maleta é forrada de alumínio.

— Está bem.

— O que é essa mala, vovô?

— É do tio Mike para o Brasil, para entregar a uma pessoa lá.

— Ah, certo!

— Está levando tudo, Roberto?

— Tudo. Se puder, depois veja se esqueci alguma coisa importante. Do contrário, veja com a imobiliária o que era deles, pois não tenho certeza. As roupas e o que sobrar, entregue para o padre O'Connor. Eu ia me despedir dele ontem e acabei não indo. Ele precisa das roupas para os imigrantes que ajuda.

— Certo, fique tranquilo, tudo será doado para o padre O'Connor fazer o que achar melhor.

— Ah, importa-se em ficar com a televisão, Mike? É novinha, Cláudio tinha comprado fazia pouco tempo.

— Eu sei, mas...

— Por favor, fique com ela, é um presente deles, da amizade que vocês lhes dedicaram.

— Está bem, eu fico, obrigado.

— Eu que agradeço tudo o que fez.

Mike e Roberto colocaram as malas no carro, passaram novamente na casa dele para pegar Sarah, que os acompanharia ao aeroporto.

Houve despedidas e abraços. Lágrimas em todos.

Roberto despachou tudo e levou apenas uma maleta de mão, com algumas coisas pessoais, inclusive o notebook e agasalhos. Sempre reclamava do ar-condicionado gelado de algumas companhias aéreas, que achavam que os clientes eram pinguins. Riu do próprio pensamento.

A viagem foi tranquila. Daniel acabou pegando no sono e ele também. Almoçaram no avião, onde o avô fazia o possível para distrair o neto, que adorava toda a intervenção de Roberto oferecendo chocolate, refrigerante e muito carinho.

O único momento difícil foi a chegada ao Brasil, quando foram pegar a bagagem. Roberto acabou empilhando todas as cinco malas e, apesar do esforço, foi adiante. Um funcionário do aeroporto, vendo as malas equilibrando-se no carrinho, tentou ajudá-lo. A vistoria aduaneira decidiu examinar a bagagem.

Quando se dirigia para lá, uma das malas caiu e Roberto teve de colocá-la novamente em cima das outras.

O funcionário da alfândega examinou a primeira mala e somente viu brinquedos. Fez o mesmo com a segunda e viu as roupas do menino, depois mais brinquedos, mais roupas.

— Ele veio morar comigo. Os pais foram para o céu.

O funcionário, mesmo assim, ainda abriu a penúltima mala, com roupas de Roberto e mais objetos. Finalmente a última maleta, pequena, que continha as cinzas dos pais de Daniel.

— Por favor, não abra esta maleta — Roberto pediu em voz baixa. — Contém as cinzas dos meus filhos.

O funcionário olhou para Roberto e viu lágrimas em seu rosto. Depois olhou para o menino, que não entendia o que estava acontecendo. Roberto tirou alguns documentos da maleta de mão e mostrou-os para o funcionário. Ele saiu com os documentos e foi falar com alguém, possivelmente o chefe, o qual veio ao encontro deles.

— Desculpe, senhor — disse. — Pode ir.

— Obrigado.

— Por que isso, vovô?

— Para ver se eu não trouxe nenhum contrabando — respondeu ele, rindo.

— Ah! — O netinho sorriu.

Na saída, uma surpresa: Luiz esperava por eles.

— Veja, é o Luiz! — disse Roberto para Daniel.

— Ah, sei, o tio Luiz, eu já vi ele na sua casa.

— Em português, o correto é: "eu já o vi".

— Certo, preciso falar bem português, estou agora no Brasil.

— Você não me corrige em inglês de vez em quando? Pois agora...

— Quase nunca, não é, vovô? Uma ou outra vez que você fala errado.

— Você me ajuda no inglês e eu ajudo você no português.

— Olhe, ele vem vindo!

Luiz abraçou Roberto e em seguida pegou Daniel no colo, abraçou-o e perguntou:

— O que seu avô comprou, que veio em tantas malas?

— Não é do vovô, é meu, tio Luiz.

— Será que cabe no carro? — brincou Luiz.

— Cabe sim, claro que cabe, ou vai deixar minhas malas aqui? — reclamou Daniel.

— Não vamos, não.

No carro, Roberto disse estar surpreso com a presença do amigo.

— Não fui para os Estado Unidos apenas porque meu passaporte estava com quase seis meses de validade. Tirei outro e ainda não ficou pronto, somente daqui a três dias. Você me ligou dizendo que viria, peguei um avião em Porto Alegre, aluguei um carro e estou aqui.

— Que bom! Ele vai nos ajudar com toda essa mudança, não é, Daniel?

— É sim, vovô.

— Amanhã devolvo o carro para a locadora, fico com vocês três dias.

— Só três dias?

— Pena, só, mas eu precisava ver você. Volto para cá daqui a uns três meses, ou antes. Tenho uma ação em Porto Alegre e preciso estar presente no fórum.

— Preciso de um excelente advogado. Leu meu e-mail?

— Li. Pensei em um, muito bom. Você conversa com ele por telefone e, se gostar, vai lá.

— Ele precisa ser bom, muito bom mesmo, tenho receio dos Knight.

— É bom você estar amparado legalmente em tudo. Se não acontecer nada, melhor ainda, mas se acontecer sabe em quem confiar.

— E ele?

— Deus sabe como o coraçãozinho dele está.

— E você?

— Não posso entender os caminhos de Deus, mas entendo o caminho que Ele me mandou seguir. Espero que Ele saiba o que está fazendo.

— Acho que Ele sabe que você pode dar conta do recado.

— Será? Farei o que Ele me mandou. Meu coração está muito triste e — Roberto falou bem baixinho — ele é só uma criança indefesa. Preciso cuidar muito dele.

— Acho que ele é que vai cuidar de você.

Roberto, achando que o menino queria saber o que eles falavam, disse para Daniel:

— Tio Luiz está dizendo que você é quem vai cuidar do vovô e não o vovô de você.

— Ah, sabe, tio Luiz, eu combinei com meu avô que ele cuida de mim e eu dele.

— Tá vendo, tio Luiz? — brincou Roberto. — Ele é mais inteligente que nós dois.

— Estou vendo, estou vendo — respondeu Luiz.

Chegaram à casa. Ao entrar, Roberto, religioso como sempre fora, fez o sinal da cruz e pediu que o neto também fizesse. Agradeceu a Deus por estarem ali. Em seguida foram fazer uma inspeção, os três, para saber como deixar o quarto do Daniel ainda mais bonito.

Depois desfizeram as malas, arrumaram provisoriamente o quarto do menino. Luiz resolveu ir até o supermercado comprar algumas coisas. Daniel foi tomar um banho e depois dirigiu-se ao quarto do avô, para descansar. Roberto também tomou um banho e depois que Luiz regressou os dois velhos amigos foram para a cozinha preparar o jantar.

— Acha que ele vai comer? Deve estar cansado. Acho que vai pegar no sono — disse Luiz.

— Isso é verdade. Vou levar água e dar meu beijo de boa noite. Se dormir mesmo, amanhã ele vai tomar um supercafé da manhã.

Roberto encheu um copo com água e levou para o neto.

— Pensei que você tivesse esquecido da minha água...

— Não esqueci, não. Quer comer alguma coisinha antes de ir para a cama?

— Não, vovô, quero dormir.

— Está bem, beba a água.

— Pronto, já bebi.

— Quer dormir?

— Conta um pedacinho da história do gato azul?

— Um pedacinho? Vou contar:

No programa de domingo na televisão ele apareceu como se fosse uma aberração. O programa anunciava que um siamês era azul e branco e ainda cantava.

Os irmãos tinham vergonha dele, nunca saíam juntos e vira e mexe a mãe miava alto com os filhos, que sempre queriam brigar com Bluzinho.

Cada dia que passava, ele ficava mais triste. Um dia, procurando o sentido do seu nome, que foi uma sugestão de um vizinho siamês meio idoso, beirando quase quinze anos, Bluzinho foi até o computador e viu que blue *significava azul, mas também significava* jazz.

Olhou para o neto, que dormia, e viu que nunca terminaria a história. Sorriu, beijou-o no rosto e saiu.

Voltou para a cozinha e ali estava Luiz, preparando o jantar.

— Dormiu?

— Dormiu. Daniel é muito inteligente. Sinceramente, Luiz, não conheço nenhum menino que seja como ele. Passou por problemas dificílimos e nunca o vi gritar ou xingar. É uma serenidade que me impressiona e me assusta.

— Não puxou você, certamente. Deve ter herdado o jeito da Stella ou da Júlia.

— Acho que sim, puxou as mulheres da casa, são as mais fortes... eram!

— Senta aí, quem cozinha sou eu. Agora, se você quiser, me conte tudo. Como o acidente aconteceu?

— É terrível, isso. Fecho os olhos e vejo caixões o tempo todo. Vamos conversar, temos a noite inteira.

Luiz fez o jantar e depois serviu com um bom vinho. Isso fez com que Roberto pudesse falar de suas aflições, medos, tristezas e sofrimento de forma bem objetiva.

Luiz mais ouvia do que falava, fazia perguntas e deixava que Roberto respondesse até cansar, que reprisasse várias vezes algumas coisas que o atormentavam.

Eram mais de quatro horas da manhã quando resolveram ir dormir.

— Obrigado, Luiz, obrigado por ter vindo.

— Acho que ainda sou seu melhor amigo, moço.

— É claro que é, sem dúvida alguma, meu terapeuta gaúcho. Boa noite.

— Boa noite.

Roberto deitou-se. A seu lado estava a razão de sua vida. Uma hora mais tarde, acordou, com Daniel chamando pela mãe. O menino gritava no sonho e acordou assustado, chorando.

— Não quero você, vovô, quero minha mãe, quero meu pai. *Chama eles* vovô, chama...

— Calma, Daniel, foi só um pesadelo.

— Eu quero minha mãe.

— Calma, Daniel.

Roberto levantou, abraçou o neto que não parava de chorar e soluçava como nunca. Entendeu que Daniel precisava pôr para fora tudo o que passara. O menino estava tranquilo até demais. Essa reação era normal.

Procurou conversar com ele, deu-lhe um pouco de água, mas estava bastante difícil acalmá-lo.

— Você não jantou nadinha ontem. Vamos descer e o vovô vai fazer um belo chocolate com os biscoitos de manteiga que estão lá no armário da cozinha. Vamos?

O menino, ainda enxugando os olhos, concordou.

Roberto perguntou o que ele havia sonhado e ele disse que esquecera.

Preparou o chocolate, abriu o pacote de biscoitos e deu-o para Daniel, que tomou a bebida, comeu os biscoitos e foi-se acalmando. Quando o avô percebeu que ele já estava mais tranquilo, levou-o de volta para o quarto. Colocou-o na cama, a seu lado, e, como estivesse cansado, tentou segurar um pouco o sono, adormeceu, mas sentiu que Daniel também dormia, tranquilo.

No dia seguinte perdeu o horário e acordou com Luiz chamando-o. Viu que Daniel já se levantara. Separou uma muda de roupa para o neto vestir e começou seu dia.

— Qual é a agenda de hoje? — perguntou Luiz.

— Vamos ao advogado que você recomendou e adquirir o seguro-saúde do Daniel. Quero que seja igual ao meu. Também passaremos na escola, para acertar tudo. Bem, podemos deixar isso para amanhã. Devemos levá-lo para conhecer o terapeuta e marcar os horários, isso é muito importante. Tenho receio de sozinho não saber agir em tudo. Você ouviu os gritos dele essa noite?

— Ouvi. É sempre assim?

— Não, foi a segunda vez. A anterior foi logo depois do enterro, mas somente choro. Esse tipo de perda é complicada demais para uma criança.

— Estou preocupado com você. Parece estar bem, mas no fundo acho que não está.

— Você sabe como ficou quando seu filho morreu. Mas, ao contrário do que acontece comigo, no seu caso havia uma família enorme para lhe fazer companhia. Daniel tem somente a mim. Se eu fracassar, que será dele? Vai viver com quem não amou a própria filha, uma moça delicada e maravilhosa como Júlia? Meu coração está machucado, mas terei meus momentos para chorar sozinho. Agora não posso. Venha comigo, vamos fazer o que for preciso.

Pelo telefone, marcaram hora no terapeuta. Deixaram Daniel no consultório e, como o prédio era próximo ao do advogado, os dois velhos amigos foram até lá.

Luiz já havia adiantado a situação ao dr. Elói. Roberto levou os documentos que precisava, inclusive sua declaração de imposto de renda. O advogado, um homem de aproximadamente cinquenta anos, simpático e bastante atencioso, ouviu, fez uma procuração e Roberto assinou. Depois perguntou o valor do trabalho e o advogado respondeu que seria muito barato se não houvesse problemas graves pela frente.

— Somos obrigados a colocar que ele tem avós maternos, como está no documento americano, mas será dito também que eles nunca se interessaram pela filha, desde o casamento, nem quiseram conhecer o neto. Está bem?

— Sim, faça como achar que deve ser feito. Um dia meu neto vai crescer e quero que ele saiba que nunca menti em relação a nada. Não quero que os avós maternos venham atrás dele e espero que continuem assim, sem aparecer na nossa vida. Mas dizer que morreram não seria correto.

— Está bem. Qualquer coisa, eu lhe telefono ou mando um e-mail. Você tem meus telefones, estão no cartão. Sei que precisa ir buscar seu neto.

— Preciso, sim.

Luiz se despediu do advogado e Roberto o esperou já na porta do elevador. Em poucos minutos estavam no consultório. Daniel, sentado numa sala especial para as crianças que eram atendidas pelo terapeuta, brincava com um jogo em cima de uma mesinha.

A secretária pediu que ele entrasse para conversar com o médico. Para variar, alguns preâmbulos antes de entrar no mérito da questão.

— Sr. Roberto — disse o médico finalmente, — seu neto está traumatizado com tudo o que aconteceu. Ele é muito inteligente, surpreendentemente inteligente. Parabéns pelo raciocínio adulto que ele tem, mas, mesmo assim, ele necessita de um acompanhamento para entender sua situação com a morte dos pais.

— Entendo. Acha que também preciso de alguma terapia para cuidar dele?

— Não, para cuidar dele, não. Daniel está sendo muito bem cuidado, pois expressa isso o tempo todo. Sente que o senhor o ampara, cuida dele, faz tudo o que um avô dedicado pode fazer. Se o senhor achar que está precisando de ajuda para esse momento, podemos fazer uma terapia para auxiliá-lo.

— No momento, doutor, minha preocupação é com ele, quero cuidar dele com muita atenção, dedicação, apenas isso. Minha terapia fica para mais tarde, não agora.

— Entendo, mas procure pensar que uma terapia também pode ajudá-lo a cuidar mais tranquilamente de seu neto.

— Por enquanto, tenho em mente apenas o Daniel. Depois vai chegar uma hora em que precisarei de ajuda. Daí virei também.

— Correto, já falei com a secretária. Ela vai passar os dias do atendimento. Por enquanto, será nesse horário. Quando começarem as aulas, veremos um horário que não atrapalhe a criança.

— Combinado. Obrigado!

Luiz deixou Roberto fazer o que quisesse e saiu para algumas compras. Quando chegou, o jantar estava pronto e os três sentaram-se à mesa para comer. Luiz comprou um jogo para Daniel, igual ao que levaria para seu netinho. Daniel ficou encantado. Não conhecia o jogo, e depois do jantar não saiu mais da mesa onde estava o brinquedo.

Os dois amigos ficaram sozinhos conversando.

— Volto amanhã para Porto Alegre.

— Pena... Com você aqui, tudo fica melhor.

— Vou voltar tão logo resolva alguns problemas.

— Algo sério?

— Minha filha, Márcia, está se separando do marido.

— Ah, que pena. Como ela se sente?

— Estou de cabelos em pé, Roberto, e por isso preciso ir ao fórum. A culpa é dela.

— Dela? Como?

— Meu genro é um homem muito bom, meio desligado do mundo, mas sempre cuidou muito bem dela e do meu neto. Eles têm apenas um filho. Nunca faltou nada na casa. Ela sempre trabalhou, mesmo não precisando. Ele sempre foi justo.

— Eu me lembro bem dele.

— Pois é, a Márcia acabou se envolvendo com um chefe.

— Tem provas?

— Meu genro a pegou com o chefe no apartamento dele. Já andava desconfiado. Um dia a seguiu e viu que foram para o apartamento. Sabia o endereço, o nome e tudo o mais. O cara é divorciado e um *bon vivant*.

— Ele entrou na casa?

— Os dois entraram pela garagem. Daí meu genro disse ao porteiro que eles tinham vindo em dois carros e que ele ia subir porque os dois o aguardavam. Por isso o porteiro não os avisou pelo interfone. Meu genro subiu. Deu um tempo e bateu na porta, gritando que era incêndio e que eles tinham de sair com urgência. Bem, o cara abriu a porta e ele entrou como um doido. Viu Márcia nua na cama do chefe.

— E o homem?

— Estava de cueca. Precisa dizer mais alguma coisa?

— Ele ainda gosta dela, quer voltar? Perdoa?

— Ele não quer mais saber dela e vai pedir a custódia do menino.

— Minha nossa!

— Certamente não vai conseguir. Eu espero que o juiz, apesar de tudo, dê a guarda para ela. É boa mãe, mas errou feio. Em Porto Alegre, o homem sempre leva vantagem. Se o juiz for um desses machistas, como vamos nos defender?

— O que vai ser alegado?

— Traição da parte dela. Márcia tem muitos argumentos, mas, se realmente tinha problemas, que pedisse o divórcio em vez de trair o marido. Por isso preciso ir embora. Ela precisa do velho pai agora, e meu neto precisa de uma mãe com mais juízo e um pai menos frouxo.

— Quem sabe eles se reconciliam?

— Bem, dessa vez a coisa ficou feia. Saiu até no jornal. Ele quer a separação e o filho, ela quer o filho. Disse ao marido que abre mão de tudo o que o casal tem, desde que o divórcio fosse amigável e que a guarda do menino ficasse com ela.

— Que história!

— É, Roberto, somos uma dupla fantástica, você e eu... Cada problema que temos de resolver... Alguns difíceis, como o seu, e outros idiotas, como a da minha filha, que sempre foi uma pessoa séria, discreta e acabou numa fria dessas.

— E vamos resolver tudo, meu amigo. Não é isso que você sempre falou, com seu otimismo exagerado?

— Não é exagerado. Se não fosse meu otimismo, eu já estaria morto.

No dia seguinte, mais uma vez, ida ao aeroporto, dessa vez para levar Luiz.

9. Natal na praia

O Natal se aproximava. Roberto imaginava como passar a data sem os filhos. Sempre considerara Júlia uma filha, desde a época em que a conhecera. Ela o ajudara muito quando ele estava em franco processo de depressão. Júlia foi a filha que Roberto adotou e que lhe deu um neto. Era difícil não chorar cada vez que pensava no filho. Mas a vida agora exigia dele que cuidasse do neto. Era o caminho que a Divina Providência lhe dera.

Pensou então em passar o Natal na praia, com Daniel. Luiz contara, por telefone, que Márcia conseguira a guarda do filho. O acordo proposto pelo ex-marido lhe garantia o apartamento em que ela morava com o menino e uma pensão somente para ele. Márcia abriu mão da parte que lhe caberia na empresa. O marido deu por encerrado o processo e o divórcio foi realizado em poucos dias, com pleno acordo dos dois. Ela ainda ficou com metade de uma das contas em que estava com o marido, para que pudesse manter o padrão de vida por um ou dois anos, independentemente de seu salário.

Luiz contou que a filha continuava a manter encontros com o namorado, e que ele tinha esperanças de que os dois viessem a ficar juntos. Como ela aparentemente passaria o Natal sozinha, Luiz achou que seria interessante convidá-la para ir com eles à casa da praia e levasse o filho. Assim Daniel e Lucas poderiam ter a companhia um do outro, já que a idade era próxima; um ano de diferença a mais para o neto de Luiz.

Uma notícia muito boa aconteceu na véspera da viagem, enquanto Roberto esperava a chegada do velho amigo. O advogado Elói telefonou, avisando que o juiz assinara o pedido da guarda de Daniel. Havia apenas uma ressalva: a guarda era provisória, por um ano. Se nesse período não houvesse nenhuma solicitação dos avós maternos, a guarda seria definitiva. Em outras palavras, se houvesse algum pedido, existiria, por certo, uma disputa entre os avós. O advogado esperava que isso não acontecesse, pelo bem da criança, que desde o nascimento conhecera apenas o avô paterno.

Roberto, quando soube, perguntou ao advogado:

— Em outras palavras, está tudo bem por enquanto, é isso?

— Sim, e esperamos que permaneça assim. Se não houver nenhuma interferência dos avós maternos de Daniel, a guarda se tornará definitiva.

Finalmente Luiz, Márcia e Lucas chegaram e foram com Roberto e Daniel para a casa da praia. As crianças saíram para brincar. Luiz resolveu vigiar um pouco os meninos para evitar que entrassem na água sem um adulto por perto, e que não utilizassem as pedras para subir na encosta.

Márcia ficou com Roberto e resolveu falar de seu relacionamento com o namorado.

— Meu pai está muito chateado comigo, não é?

— Não, ele ama você e seu filho. É que as coisas fugiram ao controle e ele ficou muito nervoso. Agora está tudo bem, não?

— Sim, está. A separação já estava prevista, não foi problema. Na verdade ele sempre achou meu marido maravilhoso, mas não era bem isso. Carlos, meu namorado, ainda é meu chefe, mas na volta das férias mudarei de departamento, para evitar problemas para nós na empresa.

— Mas por que você não se separou antes, Márcia?

— Eu já havia pedido a separação dois anos antes, mas meu ex-marido queria que eu assinasse o divórcio e desse a ele a empresa. Quando casamos, era uma excelente organização. Depois montamos outra, que prosperou mais do que a primeira e dava um lucro muito grande. Por isso a antiga foi vendida. Na nova eu teria cinquenta por cento e ele não admitia perder isso. Fizemos um acordo verbal de cada um viver sua vida e fazer de conta que estava tudo bem. Acreditei nisso e, como estivesse livre, ao menos aparentemente, acabei me apaixonando pelo Carlos. Meu pai não sabia de nosso acordo e quando soube foi um desastre só. Meu ex-marido armou o circo e eu caí no picadeiro.

— Bem, agora que você está oficialmente divorciada, faça o que achar melhor e não fique se culpando de nada. Você tem seu filho e tem seu pai. Se gosta do Carlos, fique com ele também e pronto.

— Não sei se ele realmente quer algo sério e definitivo. Vamos deixar o tempo correr.

— Faz bem.

— Eu trouxe uma árvore de Natal. Posso chamar os meninos para montá-la?

— É uma boa ideia. Vou sair com seu pai, para comprar camarões e peixe. Aliás, o Lucas gosta de peixe?

— Só não gosta de verduras.

Na hora do jantar, Luiz caprichou nos camarões, Roberto fez arroz e salada. Os meninos comeram e depois foram jogar. Os adultos resolveram ver um filme na sala de estar e lá ficaram. Uma noite extremamente suave, sem nenhuma novidade.

Roberto, antes de dormir, foi passear na prainha com Daniel. A noite estava muito bonita, a luz da lua iluminava os dois. Como sempre fazia, Roberto segurava a mão do Daniel e com a outra mostrava as estrelas. Sentiu saudade de Cláudio e Júlia e olhou bem para o céu.

— Por que está olhando para cima, vovô?

— Está vendo aquelas duas estrelas brilhando?

— Onde, vovô?

— Ali... não, ali... viu?

— Vi, sim, o que tem elas?

— Uma é seu pai, outra sua mãe. Eles estão lá no céu, ficam nas estrelas olhando por nós.

— Por quê?

— Para ver se estamos bem, se rezamos para eles, para vir nos abençoar, para ficar um pouquinho conosco.

— Você acha mesmo isso?

— Claro que sim! Você não acha?

— Não sei. Sabe, vovô, você não disse que eles foram para o paraíso? Agora você diz que eles são estrelas. Afinal estão no paraíso ou viraram estrelas?

— Na realidade eles foram para o céu, o céu é o paraíso e as estrelas também. Tudo o que Deus criou está lá em cima — apontou o céu mais uma vez. — É para lá que todos iremos, onde está a vovó Stella, que você não conheceu, o papai e a mamãe... E um dia o vovô também vai.

— Eu também vou?

— Sim, mas antes vai crescer, virar adolescente, adulto, casar, ter filhos, netos, bisnetos. Ainda faltam uns cem anos para isso.

— Sei, daí eu vou encontrar meu pai e minha mãe. Mas como eles vão me reconhecer, se eu vou estar bem velhinho?

— Lá no céu somos diferentes daqui. Todos se reconhecem, como se tivéssemos um crachá no peito ou um chip, entendeu?

— Mais ou menos. Mas você vai ficar comigo, não vai? Não vai me deixar sozinho, não é?

— Vou pedir a Deus que me deixe ficar com você até a sua formatura. Ou pelo menos até você ficar adulto.

— O que é formatura?

— Você vai ter que escolher uma profissão, médico, engenheiro, advogado, professor, artista, jogador de futebol... E, quando se formar, terá uma formatura, que normalmente é uma festa muito bonita.

— Certo. Interessante, formatura... Eu não sabia disso.

— Daniel, o vovô ama muito você, vai fazer tudo para você ser feliz. Sei que está muito triste porque o papai e a mamãe foram para o céu, mas eles estão olhando para nós. Quando rezar, como faz todas as noites, peça para que cuidem de você.

— E de você também, não é, vovô?

— Sim, de todos nós.

Na véspera do Natal, o grupo levantou cedo e ficou na prainha em frente à casa por umas duas horas. Entraram no mar, divertiram-se e depois, por causa do sol muito quente, as crianças voltaram para casa, tomaram banho e começaram a brincar. Lucas era mais extrovertido do que Daniel. Apesar de se estranharem um pouco no início, acabaram ficando bons amigos e um fazia companhia para o outro.

Luiz era o mais preocupado com a comida. Como gostava muito de se alimentar, e bem, procurava ficar próximo da cozinha para ajudar a fazer as coisas. Márcia e Roberto estavam sempre por perto e o ajudavam.

Roberto saiu com o carro e foi até uma cidade próxima, onde havia um shopping center com muitas lojas. Apesar do excesso de gente, conseguiu comprar algumas coisas. Colocou-as no carro e depois retornou. Quando voltou, Daniel foi a seu encontro e falou que já tinham almoçado.

— Você e Lucas já comeram?

— Todos, menos você, que demorou. O que foi fazer? Por que não me levou?

Roberto sorriu, olhou para ele e falou bem baixinho:

— O vovô foi falar com o Papai Noel, pedir para ele passar aqui essa noite. Ele estava com o endereço errado, de São Paulo.

— Conte outra, vovô. — E o menino saiu, com um sorriso bem maroto.

Os adultos resolveram ir à missa do galo e levar as crianças. O horário de início da celebração de Natal era 19h30. Os garotos nunca tinham ido à missa do galo e se encantaram com o Menino Jesus e com a parte litúrgica, que compreendia o nascimento do Menino Deus.

Na saída da pequena igreja, o pároco local, frei Matheus, cumprimentou Roberto, que apresentou o neto e os amigos. Matheus perguntou-lhe como se sentia, e ele respondeu que Deus vinha lhe dando forças para cuidar do pequeno Daniel. O frei desejou-lhe um feliz Natal e convidou-o para uma visita. Roberto agradeceu. Conhecia-o há muitos anos.

No carro, disse para o neto:

— Você vai começar o catecismo no ano que vem.

— O que é o *catequismo*?

— Catecismo... é a preparação para receber a comunhão, sua primeira eucaristia, a hóstia santa.

— Ah, aquela que você recebeu lá nos Estados Unidos, e de novo aqui, com tio Luiz?

— Sim, aquela mesma. Fomos receber Jesus e o colocamos em nossos corações.

— Não entendi, vovô.

— Quando comungamos, a hóstia nos faz tão bem que vai direto para o coração. Então agradecemos as coisas boas. Eu, por exemplo, agradeço por você, o tio Luiz, a tia Márcia e o Lucas estarem comigo neste Natal.

— O papai e a mamãe também comemoram o Natal?

— Comemoram, sim. Jesus mora no céu e amanhã é aniversário dele. Haverá uma grande festa e todos os moradores do céu irão.

Aos poucos, como fizera com Cláudio, Roberto ia doutrinando o netinho para o futuro, para torná-lo um homem de bom caráter. Como avô, vinha repetindo um pouco o que fizera como pai. Tentava se aperfeiçoar, para ser um avô mais moderno e mais próximo do menino, mas era difícil. Procurava, desesperadamente, ser ao mesmo tempo pai, mãe e principalmente avô. Agora Daniel não estava mais ali para uma visita breve. Agora era para valer. Ele nunca mais iria embora. Ficaria para sempre.

A noite chegou, com direito a ceia e festividades. Para distrair as crianças, Roberto fingiu esquecer algo na igreja e voltou com os meninos no carro. Enquanto isso, Márcia e Luiz colocaram os presentes na árvore que eles tinham armado. Ao chegar diante da igreja, já fechada, virou-se para os garotos e disse:

— Puxa, terei de voltar amanhã... Bem, melhor irmos embora correndo, ou não veremos o Papai Noel.

Voltaram rapidamente e, quando entraram na casa, viram os pacotes que, segundo Márcia, Papai Noel havia deixado.

— Viu, vovô? — Daniel dirigiu-se a Roberto em tom de censura. — Você nos atrasou e não vimos o Papai Noel.

— É, sim, tio Roberto — completou Lucas. — Você é o culpado.

— Têm razão, meninos, desculpem. Ainda bem que Papai Noel é um cara legal e deixou os presentes aqui.

— Primeiro vamos cear, depois vocês olham o que o Papai Noel trouxe — disse Márcia, com a autoridade de mãe.

Mas os meninos insistiram tanto que eles acabaram cedendo.

Daniel ganhou, finalmente, uma bicicleta, e tio Luiz precisou montá-la antes da ceia. Depois montou a de Lucas. Os meninos fingiram comer um pedaço de peru e saíram com as bicicletas, para passear no jardim.

Os adultos trocaram presentes também. Por fim, cearam, mas numa atmosfera muito discreta. Nenhum deles estava realmente comemorando, em respeito ao luto de Roberto. Mas era necessário continuar a vida.

Mais tarde foram dormir, exaustos. No dia seguinte, comeram os alimentos que haviam sobrado. Para Roberto, aí sim que a comida ficava ainda mais gostosa.

O Natal começou com os meninos andando de bicicleta na prainha. Não demorou muito e Lucas caiu, raspando o joelho. Um pouco de choradeira e um antisséptico fizeram com que ele voltasse às atividades. Daniel não deixou por menos e logo depois foi sua vez de raspar o braço. Mas nada que um antisséptico não curasse.

Depois, mais sossegados, os pequenos se dedicaram ao jogo que Luiz lhes dera.

Roberto sentou numa cadeira na praia e ficou ali. Não havia sol. As nuvens davam ao dia um ar melancólico. O vento indicava chuva, que deveria cair mais tarde. Luiz, como não podia deixar de ser, estava atarefado com a cozinha. Márcia falava com o namorado e com as amigas pelo celular, cumprimentando a todos pelo Natal.

Roberto fechou os olhos e recordou os bons momentos que vivera na velha casa. Então lhe veio à mente o sonho anterior ao acidente. As cinzas espalhadas pelo mar. Ele e Daniel do outro lado. Seus pensamentos iam e vinham. Momentos sombrios que era obrigado a digerir como se tivesse um gosto amargo e queimasse por dentro.

Luiz veio despertá-lo:

— Vamos almoçar? Temos 20% de comida nova e 80% da comida de ontem, que creio que está melhor que a nova.

— Você sabe que cozinha bem, Luiz. — Fez uma pausa. — Sabe, eu trouxe as cinzas dos dois para colocar no túmulo de Stella, mas estou confuso. Não sei se faço isso mesmo ou devo esparzi-las pelo mar aqui em frente, como Stella queria que fosse feito com as cinzas dela.

— Não vou dar opinião, meu amigo. Faça o que seu coração mandar. Lembra o que fiz com as cinzas do meu filho?

— Você as levou para Orlando, para a Disneyworld.

— Fui muito criticado por isso. O Júnior estava muito doente aos 16 anos. Seu primeiro transplante de medula correu tão bem que realizamos o sonho dele de garoto, que era ir para Orlando. Fomos todos e ele se divertiu como nunca. Um ano depois os problemas recomeçaram, mais tratamentos, mais aplicações. Ele não reclamava de nada. O segundo transplante foi sua última chance. Ele então me disse que queria suas cinzas jogadas na Disney, porque aquele tinha sido o lugar em que ele foi mais feliz.

— Você fez a vontade dele.

— Fiz e não me arrependo. Às vezes vejo as fotos que tiramos lá e penso que ele talvez esteja brincando na Disney. — Luiz suspirou. — Faça o que seu coração mandar, porém não fique com as cinzas dentro de casa. Você não pode manter os dois a seu lado. Eles já se foram.

— Eu sei. Obrigado, amigão. Logo que voltarmos vou colocar as urnas no túmulo de Stella.

10. As visitas

No dia seguinte, começou a chover bem cedinho. Um dia feio, sem graça, com o mar agitado, fazendo com que a praiazinha, que eles sempre chamaram de prainha, sumisse. Luiz se entretinha com a comida, Márcia com o *tablet* ou com o celular. Os meninos não largavam os joguinhos. Roberto arrumava a casa, um pouco aqui, um pouco ali. Parecia uma manhã de tédio, mas que trazia um pequeno descanso depois de tantas festas e agitações.

Por volta das onze horas a campainha tocou. Era quase mágico ouvir aquele som, pois raramente aparecia alguém. Os meninos saíram em disparada para o portão. Nem foram até a cozinha, onde ficava o interfone. Queriam se movimentar um pouco e a campainha foi o pretexto para os dois correrem pelo jardim. Abriram o portão e viram um homem. Viram também um carro, com uma senhora dentro dele. O senhor perguntou para os meninos:

— É aqui que mora o sr. Roberto?

— Sim, é... respondeu Lucas.

— Eu queria falar com ele.

Daniel olhou para o homem:

— Certo. Vamos chamá—lo.

Os meninos saíram correndo.

— Vovô — disse Daniel —, tem um homem procurando você lá no portão.

— Já falei que, antes de abrir o portão, precisamos saber quem está lá fora. Não podemos atender qualquer um.

Depois de repreender os meninos, Roberto foi até o portão. Nesse instante a senhora que estava no carro desceu, com um presente nas mãos.

Roberto reconheceu o sr. e a sra. Knight, avós maternos de Daniel.

— Desculpe, tentamos telefonar, mas não conseguimos o número.

— Sem problemas — disse Roberto. — Por favor, entrem.

Jennifer Knight, loira, aparentando cinquenta e poucos anos, elegantemente trajada, olhava para os meninos e reconheceu Daniel, mas não se aproximou dele. O casal esperou entrar na sala.

Luiz veio da cozinha junto com Márcia e foram apresentados para o casal. Os meninos voltaram para o jogo, pensando tratar-se de amigos de Roberto, apesar do comportamento estranho do avô.

Luiz falou no ouvido de Márcia que era melhor eles e Lucas saírem da sala. Então os três deixaram Roberto e Daniel sozinhos com Jennifer e Gregory Knight.

— Daniel — disse Roberto, meio desconfortável com a situação —, esses são seus avós, pais de sua mãe. É o vovô Gregory e a vovó Jennifer.

O menino os fitou. O casal se levantou e Jennifer correu para abraçar o menino. Daniel retribuiu o abraço timidamente, pegou o presente que a avó lhe estendia e olhou para Roberto, que fez sim com um gesto de cabeça. Em seguida Gregory chamou o neto, para abraçá-lo também. Daniel de novo retribuiu, colocando o presente em cima da mesa lateral, sem abri-lo.

— Não vai abrir o presente que a vovó Jennifer trouxe? — perguntou Roberto. — Agradeça a seus avós, Daniel.

— Claro que sim, vovô. — Olhou para os Knight. — Obrigado pelo presente.

Abriu o pacote e viu um carro incrementado, com bateria, antena e todos os acessórios de um brinquedo caro.

— Vovô, posso ir mostrar o carrinho para o Lucas?

— Sim, claro. Peça para o tio Luiz ou para a tia Márcia ajudar a montá-lo.

Os três avós ficaram sozinhos na sala. Roberto percebeu que Jennifer e Gregory olhavam para uma foto grande do casamento de Cláudio e Júlia, tirada ali, no jardim.

— Júlia ficou linda vestida de noiva — comentou Jennifer.

— Ela sempre foi linda — corrigiu o pai.

— Foi um casamento belíssimo. Júlia escolheu o local, fez a decoração, não faltou nada. Teve até lua de mel na Itália, conforme o desejo dos dois — disse Roberto.

— O menino é parecido com Júlia — resmungou Jennifer, como se tivesse feito um elogio enorme.

— Acho que ele tem muito da Júlia e do Cláudio. É uma criança linda e doce — respondeu Roberto, com delicadeza.

— Bem — começou finalmente o sr. Knight, com voz e jeito de dono do mundo, como Júlia costumava comentar —, estou aqui para dizer que prefiro um acordo com você do que uma briga judicial pela guarda de meu neto.

Roberto, até então calmo e tranquilo, olhou para Gregory, que estava em pé, e depois para Jennifer, que voltara a se sentar. Andou até a foto de Cláudio e Júlia.

— Desculpem-me, mas não há acordo. Conheço Daniel desde que nasceu, ele está comigo e vai ficar comigo. Vou educá-lo e ficar ao lado dele até o fim da minha vida. Espero durar até vê-lo adulto.

— Você vai perder a tutela do menino. Posso dar tudo do que ele precisa, inclusive fazê-lo meu único herdeiro.

— Sinto muito, sr. Knight, mas não aceito. Quando quiserem visitá-lo, venham e serão bem-vindos. São avós dele. Mas a tutela é minha, tanto a americana como a brasileira.

— Tutela provisória, sr. Roberto, provisória.

— Que será transformada em definitiva. Daniel está bem, tem tudo o que é necessário para viver. E principalmente é muito amado, que é o que ele mais precisa. Quando quiserem, venham dar-lhe o amor que, acredito, têm por ele.

— O senhor é muito gentil, mas isso me é indiferente. Falarei com meus advogados e brigaremos na justiça pela custódia do menino.

Jennifer não abria a boca, deixando que o marido destilasse o veneno como quisesse. Por fim, resolveu encerrar a visita:

— Obrigado por nos receber, sr. Roberto, poderia chamar o garoto?

Roberto dirigiu-se ao escritório, onde os quatro estavam, e voltou acompanhado de Daniel.

— Seus avós vieram desejar-lhe um feliz ano-novo, meu filho. Deseje-lhes felicidade também e os convide para vir visitá-lo quando quiserem.

— Não, vovô — respondeu Daniel, olhando para Roberto. — Não quero.

— Por favor, querido. Todas as pessoas que entrarem nessa casa serão sempre bem-vindas.

— Mas vovô, eu...

— São seus avós.

— Está bem, vovô. Quando quiserem poderão me visitar.

Num gesto que impunha distância, estendeu a mão. E saiu correndo quando a avó se aproximou para abraçá-lo.

Na saída, Gregory olhou para Roberto, demonstrando um sentimento nada nobre:

— Infelizmente vamos ter de brigar.

— Sr. Knight, em nome de nosso neto, peço-lhe que não faça isso. Daniel é uma criança adorável. Faça com que seja amado. Ame-o e tenho certeza de que ele irá gostar muito do senhor, como creio que gosta de mim. A briga não será boa para esse ser indefeso que perdeu o pai e a mãe.

— O senhor deve ser realmente muito hipócrita para vir com essa conversa tola. Eu compro e pago muito bem. É pena, mas perdi minha filha por causa de seu filho e não pretendo perder também meu neto por sua causa. A culpa será exclusivamente sua. Meus advogados entrarão com o pedido de tutela.

— Lastimo. O senhor pode ter o que quiser com seu dinheiro, mas já perdeu uma filha, um genro pobre que fez a felicidade dela e deu-lhe os momentos mais preciosos de sua existência. Por fim, perderá o filho que eles deixaram. Aceito compartilhar com vocês a única luz que nos restou, mas não abro a mão da tutela.

— Conheço bem gente do seu tipo. Seu egoísmo não tem tamanho. Prefere vê-lo como empregadinho de uma empresa, como o senhor foi, do que vê-lo presidente de um grande império.

— Daniel será o que preferir ser. Tenho certeza de que saberá percorrer o mesmo caminho da paz que eu e meu filho, sob a graça de Deus, aprendemos a trilhar. Os bens materiais são muito frágeis. Júlia preferiu caminhar conosco por acreditar que o amor e a paz valiam mais do que os bens terrenos.

— Vocês mataram Júlia, tiraram nosso bem mais precioso, mas não tirarão de nós o nosso neto. Aproveite a companhia dele enquanto pode. Um bom dia para o senhor — rosnou o sr. Knight e, com a ironia que lhe era peculiar, entrou no carro.

Roberto sentiu o coração pular pela boca. Mas em seguida viu Daniel, que se aproximara. O menino o abraçou muito e depois perguntou:

— Eles queriam me levar?

— Quem falou uma bobagem dessas? Vieram apenas visitá-lo. Vamos ver se o tio Luiz fez o almoço.

No final da tarde Roberto conversou com Luiz e contou-lhe tudo que haviam dito.

— Acho que falei demais.

— Você? Deveria ter dito tudo que sentia. Pelo menos seria um alívio para sua alma.

— Não. Eles também são avós de Daniel. Apenas não vão levar meu neto, e farei qualquer coisa para impedir isso, seja legal, seja ilegal.

— Você vai voltar ao advogado e contar o que houve. Eles vieram, podemos dizer assim, investigar o que você quer. Já sabem que não abre a mão da tutela. Do restante a justiça se encarrega. Lembre-se que sou testemunha viva de tudo o que aconteceu.

— Acho, meu amigo, que a guerra começou. Haverá muitas batalhas pela frente. Eu não queria isso, mas o exército de Brancaleone vai lutar contra os Knight — comentou, e riu.

— Lembre-se de que Davi derrotou Golias com uma pedra.

— Acho que isso não funciona com um idoso. Deve funcionar para os jovens, que conseguem acertar o alvo com uma única pedra. Eu, como sou brasileiro, aposentado e velho, vou precisar de um caminhão cheio delas.

Roberto e o neto voltaram no início de janeiro para São Paulo. Luiz, Márcia e Lucas foram para Porto Alegre. Em casa, Roberto estabeleceu uma rotina com o neto. Caminhavam juntos, não muito longe porque Daniel reclamava logo. O menino andava de bicicleta, faziam compras no supermercado e aproveitaram o sossego do mês de janeiro em São Paulo. Retornavam sempre para a prainha, uma espécie de ninho de ambos.

As aulas começaram no primeiro dia de fevereiro. Roberto levou o neto até a escola. Na saída, o menino pareceu feliz com o novo ambiente. Na segunda semana, já estava mais familiarizado com os novos amiguinhos. Falava o nome de alguns e contava um pouco como eram os professores.

Continuava indo ao terapeuta duas vezes por semana. Tinha a agenda cheia, e Roberto o levava a todos os lugares. Sentia-se não o avô, mas o pai, inclusive bem mais doce e suave do que havia sido com Cláudio.

Numa tarde, foi sozinho ao cemitério com a maleta onde estavam as urnas com as cinzas dos pais de Daniel. Pediu que as colocassem no túmulo de Stella. Não quis ficar para ver os funcionários do cemitério fazerem isso. Queria apenas que os dois estivessem com Stella. Não era necessário ver a cena, pois não adiantaria nada. Ao sair do cemitério sentiu uma tristeza grande e chorou bastante. Ainda estava muito fragilizado.

Quando chegou à escola para apanhar o neto, enxugou as lágrimas, se recompôs e sorriu como sempre para vê-lo e mostrar que a vida dos dois era uma cascata de bons sentimentos. Tinha um motivo muito importante para continuar existindo: cuidar de Daniel até vê-lo transformar-se num adulto de boa índole, custasse o que custasse.

Daniel entrou no carro e ouviu a pergunta de sempre:

— Como foi o seu dia?

O menino contava tudo para o avô, que se deliciava com o que o neto relatava. Era como se o visse na classe, nas aulas de línguas de que ele tanto gostava.

Quando a noite chegava, os dois jantavam juntos e depois Roberto ajudava o neto com seus afazeres. Enquanto o instruía nas tarefas escolares, via como o menino era inteligente e esperto. Sua sagacidade o deslumbrava. As perguntas que fazia eram sempre interessantes e o avô as respondia com uma leveza e um jeito muito carinhoso e simples de entender. Repetia diversas vezes e fazia Daniel sorrir.

Todas as noites, Roberto rezava com Daniel pelos pais e para pedir a proteção de Deus. Quando o garoto se levantava, ele lhe pedia que rezasse para que o dia fosse bom. Procurava transmitir ao neto, muito mais do que fizera com Cláudio, um sentimento de religiosidade e espiritualidade que transmitia calma e amor.

Os dois, que dividiam a mesma dor e o mesmo caminho, se entrosavam melhor a cada dia. Ligava-os, além do sangue, uma afinidade impressionante, uma amizade tão sublime que a palavra "vovô" passou a ter o sentido de "pai" e o nome do menino era pronunciado como se fosse o de um anjo.

Roberto se preocupava muito com o neto, uma preocupação sadia, mas tinha um medo enorme de perdê-lo. Levou-o para um *check-up*, a fim de saber se estava tudo bem. O médico considerou Daniel muito saudável e com aparência e peso de um menino de aproximadamente nove anos, e não de sete.

Janeiro era o mês do aniversário de Daniel. Ele e o avô combinaram que fariam a festa depois que as aulas começassem, uma vez que só então o garoto teria amigos com os quais partilhar a data. Certa noite, Roberto perguntou-lhe como queria comemorar o aniversário.

— Você fez sete anos e nós vamos comemorar. Tudo bem?

— Tudo bem, vovô.

— Onde vamos fazer a festa?

— Na casa da praia. Pode ser?

— Pode sim.

— Posso levar meus amigos? Agora eu tenho alguns.

— Claro que sim! Quantos são?

— Uns dez... Algum problema?

— Não, claro que não. Vamos perguntar aos pais se podemos levá-los e se alguns deles querem ir conosco. Concorda?

— Concordo!

Roberto perguntou o nome dos amigos, fez convites e pediu-lhe que entregasse aos colegas. Na verdade, tratava-se de uma carta endereçada aos pais, convidando-os também e pedindo que autorizassem que as crianças passassem o fim de semana na praia.

Para sua surpresa, os pais começaram a ligar e, no final, sete casais e doze crianças viajariam para a festa. Para acomodar tanta gente na casa, Roberto não teve dúvidas: alugou algumas barracas e alguns colchões. Com o espaço que tinha, não havia necessidade de mais nada.

Contratou um bufê infantil da região. No final da semana, quando chegou à prainha, ficou surpreso. Tudo estava arrumado, com enfeites, barracas, iluminação. As crianças se sentiriam entusiasmadas.

Os convidados foram chegando. Como ele sabia quem iria, foi fácil acomodá-los nas barracas de aspecto elegante, que davam à festa um ar alegre e bonito. Como o tema da festa era "Daniel no deserto", todos ganharam roupas de beduínos para poder brincar a caráter.

Luiz, como havia prometido, também compareceu, com o neto Lucas. Márcia ficou em Porto Alegre, brigando e fazendo as pazes com o namorado. Luiz manteve-se indiferente. Bastava que ela não o aborrecesse muito.

O sábado foi maravilhoso, com direito até a danças, de roda e das cobras falsas, que eles inventaram para as crianças. Na hora do parabéns, Roberto chorou, tal a emoção de ver o neto sorrindo, feliz, brincando com os amiguinhos. O ápice foi a chegada de três camelos, sobre os quais vieram três reis magos distribuindo brinquedinhos para as crianças. O dono dos animais vivia numa das cidades próximas, e o pessoal do bufê os alugou para tornar mais real o tema do deserto.

A festa foi até tarde. Os convidados somente sossegaram depois das duas horas da manhã.

Roberto dividiu o quarto com Luiz, Lucas e Daniel. A casa e as barracas estavam lotadas e todos pareciam muito felizes.

Na manhã seguinte, conforme Roberto havia solicitado, o pessoal do bufê preparou o café da manhã. Depois todos ficaram na prainha, tomando sol, entrando na água, jogando, correndo e brincando. Uma criança às vezes chorava, outras brigavam, mas no final dava tudo certo. No fundo eram tão comportadas, segundo Luiz, que pareciam adultos sóbrios.

Na hora do almoço, um churrasco para ninguém botar defeito, com um churrasqueiro gaúcho.

Mais tarde, saindo aos poucos, os convidados foram embora. Por volta das dezoito horas, o pessoal contratado veio recolher o material que fora alugado. Aproximadamente às oito da noite, Roberto, Luiz e os dois meninos voltaram para São Paulo. No dia seguinte, bem cedo, Luiz e Lucas viajaram para Porto Alegre.

Daniel adorou o aniversário. Ganhou muitos presentes. O avô lhe deu um relógio. Tiraram fotos e Roberto resolveu escolher algumas para fazer um álbum bem bonito dos sete anos do neto. Era a primeira vez que os dois passavam essa data sem Cláudio e Júlia.

Na segunda-feira à tarde, quando Roberto foi buscá-lo na escola, perguntou, como sempre:

— Como foi o seu dia?

— Vovô, todo mundo falou da festa, todo mundo gostou, todos queriam mostrar as fotos que tiraram junto dos camelos e dos reis magos.

— Conte mais, o vovô quer saber tudo!

Daniel narrou tudo. Sua festinha tinha sido um sucesso. Os amigos que não compareceram pediram para ir na próxima vez.

Roberto ficou muito feliz por ter feito a celebração do aniversário do neto. Do que mais gostava era agradar o menino, o seu anjo.

11. Problemas à vista

O mês de março chegou com péssimas novidades. O advogado de Roberto chamou-o para uma conversa muito séria.

— Infelizmente o casal Knight entrou com um pedido de custódia do Daniel. Fizeram o pedido via Estados Unidos e via Brasil, o que significa que correrá um processo aqui e outro lá.

— Pode isso? É correto?

— Vou estudar bem a lei. Seu neto é brasileiro, filho de mãe americana com um brasileiro. O que atrapalha um pouco é que Daniel morava nos Estados Unidos. Sendo filho de mãe americana, ele tem direitos também lá, além do patrimônio a que terá acesso quando completar 21 anos.

— Tudo isso nós sabemos, doutor. Quero apenas entender o básico. O que o senhor alegou em nossa defesa?

— Resumindo, falei que o casal nunca aceitou o casamento da filha com o pai do neto deles. Isso fez com que não houvesse ligação alguma entre eles. Argumentei que o avô paterno sempre esteve presente e tem condições de cuidar do menino, como vem fazendo desde que os pais morreram.

— Anexou todos ao papéis necessários?

— Todos.

— O que acha que vai acontecer agora?

— Creio que os juízes, como já deram a tutela provisória, devem verificar, na ocasião da renovação, o motivo do pedido dos Knight, que alegam ter melhores condições financeiras e poder dar uma educação mais adequada ao menino. Além disso, há a probabilidade de ele ser o único herdeiro. Eles também podem alegar ser mais novos do que o senhor e formar um casal bem estruturado.

— Mas nunca viram o neto.

— Alegam que estiveram em sua casa e foram visitar o menino, levando inclusive um presente.

— É verdade. Esperaram Júlia e Cláudio morrerem para ver o neto. Que coisa ruim! Teremos de lavar toda a roupa suja. Eu não queria isso, de jeito nenhum.

— Bem, vamos cozinhar o galo. Até o término da tutela provisória fique sossegado. Até lá, os juízes não vão ter como desfazer o que eles mesmos fizeram.

— Posso ler o que escreveram sobre mim?

— Não acho bom o senhor ler nada. Cuide do seu neto. Quando eu começar a briga de fato, terá de me contar todos esses lixos da vida humana. Seu único desejo é ficar com o menino, não é?

— Sim, é.

— Outra coisa: não sei quanto vai custar isso, mas não será pouco. Vamos ter de acompanhar dois processos. O que eu enviar para o juiz daqui, vai também para o juiz de lá, com tradutor juramentado.

— Entendo. O senhor sabe o que eu tenho e até onde posso ir. Meu pai me dizia que se vão os anéis, mas os dedos ficam.

— Vão-se muitos anéis nisso.

— Obrigado, doutor, vamos em frente. Não tenho raiva dos Knight, tenho até pena deles, mas repito, não quero ficar sem meu neto ao meu lado.

Roberto saiu do escritório de advocacia pensando: "por que não me deixam cuidar de Daniel e apenas vêm visitá-lo?".

Três meses depois, um grande susto. Daniel, como toda criança, gostava de brincar, correr e andar bicicleta. Foi ao parque com o avô e a bicicleta, como sempre. Sem mais nem menos uma bola foi jogada por alguns meninos e sem querer bateu numa das rodas da bicicleta, jogando Daniel ao chão.

Roberto saiu em disparada. O menino bateu a cabeça e sangrava. Ele o pegou no colo, enquanto algumas pessoas o ajudavam e uma senhora levou-os até o hospital.

Foi necessário dar alguns pontos e fazer uma tomografia computadorizada. Isso aconteceu de manhã e somente no final da tarde o médico os dispensou. Na saída do hospital, Roberto parou um táxi. O menino então perguntou:

— Vô, cadê a minha bicicleta?

— Não sei. Pensei que a tivéssemos colocado no carro da senhora que nos trouxe. Depois compramos outra.

— Puxa, vovô, gosto tanto da minha bicicleta... Será que a gente vai ver aquela senhora de novo?

— Acho que sim. Está doendo?

— Não. Nem estou mais tonto...

— Graças a Deus. Precisamos agradecer por não ter sido mais grave.

— Você ficou mais nervoso do que eu.

— Claro que fiquei. Você é meu herói, meu pequeno herói, aguentando tudo o que aconteceu. Ainda bem que o médico era muito bom, não é?

— Eu nem senti ele me costurando a cabeça.

— Suturar a cabeça, dar uns pontos foi o que ele fez. E deu uma anestesia, para não doer tanto. Você foi muito corajoso, filho. Nem mesmo chorou. Fiquei orgulhoso!

— Chorei sim, mas só um pouquinho.

— Quase nadinha. Vai ter de tomar um anti-inflamatório duas vezes ao dia.

— Sabe vovô, eu já decidi o que eu vou ser na vida.

— Nossa, o que você vai ser?

— Adivinha, vovô.

Roberto viu o interesse dele pelo hospital, mas achou que toda criança sente isso diante das profissões quando está bem perto delas.

— Advogado?

O menino fez que não com a cabeça.

— Bombeiro?

— Bombeiro, vovô? Não.

— Médico?

— Isso, eu vou ser médico, igual àquele que ficou comigo naquela máquina.

— Ele é um médico especialista em neurologia, que cuida da cabeça das pessoas. O que cuida de crianças, o pediatra, foi o que nos atendeu primeiro.

— Pois é isso, vovô, vou ser médico.

— Fico contente. É uma linda profissão, muito trabalhosa, mas sem dúvida linda.

— Vou cuidar de você direitinho!

— A cabeça do vovô não está boa?

— Está sim, mas um médico precisa cuidar de tudo, não é?

— É sim, meu herói, meu pequeno herói.

Algumas semanas mais tarde Roberto ficou sabendo que os processos já corriam simultaneamente no Brasil e nos Estado Unidos. O advogado resolveu ganhar tempo. Assim, um advogado solicitava uma coisa, ele colocava outra e o tempo ia passando, com Daniel sempre ao lado do avô.

Dois anos se passaram desde que os Knight entraram com a ação. No ano anterior, não houve necessidade de ir aos Estados Unidos. O juiz continuou dando como provisória a tutela porque o processo demorava mais no Brasil do que lá. Com isso, ganhou-se mais tempo.

Numa tarde, Roberto estava chegando em casa quando viu que o aguardava uma assistente social, a mando do juiz. Convidou-a a entrar. Não sabia que ela viria, tampouco sabia que eles nunca avisam sobre as visitas. Chegam de surpresa e elaboram um relatório sobre a convivência entre o menino e o avô, verificam as condições da casa onde moram e fazem todas as perguntas pertinentes para anexá-las ao processo.

— Sra. Janice — disse Roberto —, vou mostrar-lhe nossa residência.

Como sempre, a casa estava em perfeita ordem. Incluindo o quarto de Daniel, que agora tinha uma suíte exclusiva.

Enquanto a assistente social examinava todas as dependências da casa, Roberto, na cozinha, preparava o jantar do neto.

— Hum... O cheiro está muito bom! — disse ela, entrando no aposento.

— É uma torta de frango. Meu neto gosta muito. Quando eu for pegá-lo na escola já estará pronta, é chegar e comer.

— O que mais fez?

— Arroz com pedacinhos de brócolis e salada com alface, tomate, cebola, palmito, coisas simples. Não dá para ficar fazendo muita coisa.

— Fez sobremesa também?

— Sim, claro, ele é um formigão: mousse de chocolate e limão.

— Os dois?

— Sim, um contrabalança o outro, fica muito gostoso. A senhora vai comigo buscá-lo?

— Se o senhor permitir, sim.

— Jante conosco. Assim terá todos os elementos de que precisa para fazer seu relatório. Não temos nada a esconder.

— Gosto do seu jeito, sr. Roberto. É bem objetivo.

— Não vejo a hora de isso terminar. Não acho que seja necessária tanta coisa para fazer uma criança feliz.

— Mas seu advogado está atrapalhando o final do processo. O juiz acha deselegante com o colega americano e por isso resolveu antecipar algumas medidas.

— Sobre isso não posso falar nada, pois não sei o que se passa nos bastidores. Só sei o que ele me conta.

— Entendo, desculpe, não tenho nada com isso, quero apenas que tudo acabe bem.

— Obrigado.

Após responder algumas perguntas sobre Daniel, Roberto foi pegá-lo na escola, acompanhado da assistente social.

— O senhor poderia dizer a ele que sou uma amiga que veio jantar em sua casa?

— Sim, posso, sem problemas.

Roberto parou à porta da escola e pegou o menino, como fazia todos os dias. Janice o cumprimentou e ficou surpresa com a gentileza de Daniel.

— Querido, essa é a "dona" Janice, uma amiga do vovô que veio conhecê-lo e jantar conosco.

— Se você é amiga do vovô é minha amiga também.

— Chame-a de senhora — pediu o avô.

— Não precisa — disse a assistente social. — Pode me chamar de você. Não sou tão velha assim.

— Não é mesmo — disse o menino, simpático.

Em seguida, a famosa frase de Roberto para o netinho:

— Então, como foi seu dia hoje?

— Bom, sabe, vovô, tirei 10 de francês e 9,5 de alemão.

— Parabéns!

— Não, vovô, não é parabéns, eu fiquei chateado.

— Chateado com essas notas?

— Mas, vovô, eu queria ter tirado 10 em alemão também.

— Nas próximas provas você tira.

— Espero que sim. Eu trouxe meu boletim para você assinar. Quer que eu leia minhas notas?

— Quero sim. Mostre para a dona Janice.

O menino tirou o boletim da mochila e o entregou para a assistente social, que ficou admirada com as notas altíssimas. Em seguida fez algumas perguntas sobre a escola.

Quando chegaram à casa, Daniel foi direto para o quarto.

— Tome banho e não demore muito, está bem? — pediu Roberto. — Hoje vamos jantar mais cedo. Dona Janice está com fome. Não podemos fazê-la esperar, não é?

— Sim, vovô, tá certo.

Janice o acompanhou até a cozinha.

— Seu neto é muito inteligente, esperto. A escola ensina em português e inglês e ainda oferece aulas de alemão e francês?

— Sim. Há alunos que precisam falar francês ou alemão e essa escola é a mais eficiente de todas.

— Quanto paga por mês?

Roberto respondeu a pergunta e viu que ela ficou espantada.

— Bem caro...

— Sim, mas a escola é muito boa. Oferece refeição e café da tarde. Um médico mensalmente o examina, um dentista a cada dois meses. Se o aluno precisar de algo, eles indicam médico, dentista, terapeuta. Se houver algum problema no aprendizado, eles nos chamam.

— Daniel continua indo ao terapeuta?

— Não mais. Faz uns seis meses que teve alta. Estou com uma cópia do atestado do terapeuta. O advogado pediu o original e já lhe entreguei.

Pouco tempo depois Daniel chegou e viu a mesa posta.

— Não vai servir o jantar na sala, já que a Janice está aqui?

— Não, senhor — disse o avô. — Ela é de casa.

— Você falou que ela era visita.

— Não para jantar na sala. Ela não faz questão disso, não é?

— Claro que não, Daniel. Vamos jantar?

— Sente-se, meu filho. Dona Janice, por favor, acomode-se ali.

Sentaram-se todos. O menino olhou para o avô:

— Hoje é seu dia de fazer a oração, não é, vovô?

— Você poderia fazer por mim, já que temos convidados?

— Está bem, eu gosto de fazer a oração. "Senhor, obrigado pelo alimento que vamos comer. Obrigado, também, pela torta de frango que o vovô fez. Em nome do Pai, do Filho, do Espírito Santo, amém."

— Amém.

A assistente social já tinha visto muita coisa na vida, mas ficou encantada com a educação do menino e com a afeição que o unia ao avô. Logo após terem jantado, Roberto agiu como sempre:

— Separe suas lições para amanhã e vamos repassar o que você aprendeu hoje.

— Vô, sabe aquela questão de matemática que eu não sabia resolver? Aquela que você me ensinou a fazer? Caiu na prova. Daí fui o único a acertar. Vieram me perguntar, o Carlinhos e o Tuca, e eu expliquei para eles. Não é legal?

— Sim, claro.

Janice olhou para o menino e se despediu. Roberto a acompanhou até o portão.

— Bem — disse Roberto, com seu jeito simpático —, nosso dia a dia é assim. A única dificuldade é fazer Daniel levantar cedo, mas depois dá tudo certo.

— Boa noite, sr. Roberto. Obrigada por facilitar meu trabalho. O senhor não se preocupou nem um pouco comigo, dando-me liberdade total de ver sua casa, falar com seu neto, participar do seu dia a dia. Obrigada mais uma vez.

— Não sei se haverá outras sessões, mas se sinta à vontade para voltar, se for necessário para seu relatório. Boa noite.

— Boa noite, senhor.

Roberto entrou e, ao chegar à sala, olhou para o alto e exclamou:

— Meu Deus, obrigado! Nem todo dia as coisas saem tão certas como hoje.

Daniel entrou e olhou para o avô.

— E então, vovô? Quem é ela?

— É a assistente social que o juiz mandou.

— Era essa? O que ela veio fazer?

— Ver se você mora bem, se temos o necessário para viver, comer, vestir. Coisas assim...

— Vô, preciso passar o Natal com meus avós nos Estados Unidos? Não quero ir.

— Entendo, filho. Eles pediram que você fosse passar um mês lá e o juiz autorizou o pedido. Seus avós têm o direito de vê-lo e o advogado achou melhor assim. Suas aulas acabam perto do dia 18 ou 19 de dezembro e marquei sua viagem para o dia 20. Vou junto. Não quero ficar preocupado, sabendo que você está sozinho, nas mãos de comissários de bordo. Fico alguns dias com o Mike. Depois vou para a Itália, finalmente, conhecer meu meio-irmão, filho do segundo casamento de meu pai.

— Irmão, vô? Você tem um irmão?

— Sim, tenho. Vou contar para você a história. Meu pai e minha mãe se casaram e logo depois eu nasci. Quando eu tinha dezesseis anos, minha mãe ficou muito doente e depois foi...

— Para o céu!

— Para o céu. Eu tinha dezoito anos e já na faculdade. Meu pai, uns dois anos depois, foi para a Itália, morar na aldeia onde os pais dele nasceram, e lá conheceu uma moça italiana, bonita e jovem, e se apaixonou. Casou com ela quando eu terminei a faculdade. Eu namorava sua avó, com quem casei logo. Foi quando meu pai escreveu e contou que eu tinha um irmãozinho, que nasceu no Dia de Santo Antônio e recebeu o nome do santo.

— Nossa, que história bonita! Não é tão bonita como a do gato azul, mas... E daí, vovô?

— Comecei a juntar dinheiro para ir para a Itália com sua avó e seu pai, que tinha apenas cinco anos naquela ocasião. Estava tudo certo, mas então houve um terremoto no lugar em que eles moravam e morreram quase cinco mil pessoas que...

— ... foram para o céu — interrompeu rapidamente o menino.

Roberto sorriu. Não ia dizer isso, e continuou:

— ... que moravam na cidade, e poucas se salvaram porque o vale ficou totalmente soterrado.

— E seu pai foi para o céu?

— Meu pai e a esposa dele, minha madrasta, que devia ser mais nova do que eu. Meu irmão também estava na relação dos mortos e desaparecidos.

— Ele morreu ou não?

— Não, graças a Deus. Mas até alguns anos atrás eu não sabia disso. Ninguém sabe como aconteceu, mas ele acabou aparecendo numa aldeia próxima, onde há um mosteiro. Estava muito ferido e os frades cuidaram dele durante meses. Quando ficou bom, quiseram arrumar uma família para ele. Mas meu irmão gostava tanto dos frades, e os frades dele, que acabou ficando lá. Frequentou a escola e, no fim, acabou se ordenando padre. Vive até hoje no mosteiro.

— Nossa, que história linda! E como você ficou sabendo que ele estava vivo?

— Há alguns anos fiz uma viagem para a Itália e casualmente comecei a folhear uma revista. Nela havia uma reportagem contando a história dele. Era só uma página, com uma foto não muito grande em que ele está com barba e bigode, elegante, vestido de padre na frente do mosteiro. Guardei a revista e a trouxe para o Brasil sem saber por quê. Um dia, mexendo nas minhas coisas, vi uma foto de meu pai com barba e bigode. Lembrei da reportagem e fiquei uns dois ou três dias procurando a revista. Já não me lembrava onde havia guardado, até que achei. Olhei para uma e para outra, peguei uma lente de aumento, eram muito parecidos.

— Parecidos mesmo, vovô?

— Muito. Pegue o notebook do vovô, filho.

O menino foi até o escritório e voltou com o notebook. Ligou e esperou que Roberto abrisse o arquivo com as fotos.

— Digitalizei as duas fotos. Veja como são parecidos.

— Nossa, vovô, muito mesmo.

— Consegui o endereço do padre, que segundo a reportagem se chamava Antônio Benedetto, e enviei para ele as fotos. Perguntei se seu sobrenome era Moran. Fiquei pensando que talvez ele fosse meu irmão e tivesse sobrevivido. Então, teria aquela mesma idade.

— E o que aconteceu?

— Quando os frades o receberam no mosteiro, perguntaram-lhe o nome e souberam que era Antônio. Em italiano, bendito é "benedetto", e por isso eles deram esse nome para meu irmão, que o adotou. Os frades tiraram novos documentos para ele como Antônio Benedetto.

— Que história!

— Fiz exame de DNA e mandei para ele, que acabou fazendo também. Somos irmãos sim, sem dúvida nenhuma.

— E você nunca foi lá?

— Não, na ocasião não deu certo — respondeu Roberto, recordando o acidente do filho e da nora. — Vou passar o final do ano com ele, conhecer o mosteiro onde vive, mostrar nossas fotos e depois vou de novo aos Estados Unidos, para voltarmos juntos ao Brasil.

— Acho que não vou gostar muito do vovô George e da vovó Jennifer. Eles são diferentes de você, vovô.

— Bem, seja muito educado com eles. Não se esqueça de dizer "por favor", "com licença", "obrigado", "gostei muito". Fale sempre um "obrigado" depois de alguma coisa.

— Que coisa?

— Se você estiver brincando ou algo assim e eles lhe derem uma xícara de chocolate, diga obrigado. Essas coisinhas se chamam "educação".

— E se eu não gostar?

— Não diga nada, não vale a pena. Se tiver vontade de me ligar, vou levar o celular e você pede licença para usar o telefone dos seus avós. Eles têm o número e você fala comigo.

— Vou ter saudades.

— Eu também, muita. Mas o juiz determinou que eles podem ficar um mês com você durante as férias.

— Está certo. Mas eu não vou ficar morando lá, não é?

— Claro que não. Sua vida é aqui, comigo, na escola de que você gosta, com os amigos que tem.

— Gosto muito de você, vovô.

— Eu também de você, filho. Amo muito você.

— Eu também amo muito você, vovô.

— Agora vá dormir.

— Vou colocar o meu pijama. Você conta a história do gato azul?

Roberto cobriu o menino e em seguida, mais uma vez, começou a contar a história do gato azul:

Bluzinho procurou "jazz" e ouviu uma série de músicas. Começou a se aprofundar no assunto e quando viu estava cantando jazz. Como ninguém em Siameslândia cantava, ele nem professor teve. Cantava porque nasceu para cantar. Os gatos faziam serestas miando e ele fazia serestas cantando.

Tentou até uma vez fazer seresta para uma gatinha da qual gostou. Ela bateu a porta na cara dele. Nunca havia sido tão ofendida. Sem miado, um gato azul e branco cantando para ela. Imagine só!

Bluzinho cresceu e continuava triste, sem vontade de viver em Siameslândia, onde era sempre discriminado pela cor e por cantar em vez de miar. Não aguentava mais. Um dia, passando pela ponte da cidade, olhou para a lua, sentiu algo diferente e cantou. Nossa, foi um escândalo, todos os gatos miando e ele cantando. Por pouco os bichanos não o afogaram no rio.

A coisa ficou tão feia que no dia seguinte Bluzinho pegou as letras das músicas que havia feito e resolveu ir embora.

O pai sentiu-se aliviado, assim como os irmãos da mesma ninhada. A mãe chorou. Afinal, filho é filho, mesmo branco e azul e cantando em vez de miar.

Desejou sorte, pediu para ele escrever, mandar e-mail, falar pela internet, qualquer coisa. Ele não disse nada. Recebeu uma lambidinha carinhosa da mãe, retribuiu e partiu.

Como o pai não ofereceu nem a passagem, ele pegou carona com um bando de gatos vira-latas, que estavam de passagem por Siameslândia.

Eram quatro, um preto no piano, um amarelo na bateria, um cinzento no violão e um rajado que tocava saxofone.

Roberto olhou para o neto, que dormia tranquilo. Sorriu, como sempre fazia. Nunca terminava a história. Mas o neto adorava o gato azul. Criança tem cada uma...

Foi para seu quarto e adormeceu.

12. Viagem de férias

Roberto conversava com Luiz pela internet e contou-lhe que o juiz havia marcado a audiência em São Paulo para o início de março, com a presença dos avós paternos e maternos. Avisou que ia para os Estados Unidos com o neto, para deixá-lo com os avós nas férias, conforme o juiz decidira. Iria para a Itália conhecer seu único irmão, um padre que vivia em um mosteiro na Sicília.

— A única coisa que me deixa muito preocupado, Luiz, é que meu dinheiro está indo embora como água nesse processo. Em dois anos minhas economias baixaram tanto que nem sei o que fazer quando receber a conta final.

— Nisso se dá um jeito — comentou Luiz, tentando amenizar o sofrimento do amigo.

— Não se dá, não. Talvez seja necessário vender a casa na praia. Tenho certeza de que vou ficar com meu neto, rezo todos os dias para que Deus faça com que ele continue comigo e isso não tem dinheiro que pague. Os gastos são grandes, não tenho ideia de como vou pagar isso tudo.

— Você não pode ficar pensando nisso agora. Deixe para pensar quando voltar.

— A casa na praia é o lugar de que eu mais gosto por uma série de motivos. Eu adoraria mantê-la e entregá-la um dia para o Daniel, mas acho que terá de ser vendida.

— O Daniel tem uma herança, não é?

— Cláudio e Júlia deixaram um milhão de dólares. Está no banco e ele somente terá acesso ao dinheiro quando completar 21 anos. Portanto, a única saída é vender a casa. Isso será fácil, pois há diversas empresas que querem o local. Todos sabem que dá para construir um belíssimo hotel lá ou um condomínio de altíssimo luxo...

— Bem, faça sua viagem e na volta veremos isso juntos. Quem sabe um empréstimo no banco, uma hipoteca da casa da praia.

— E pagar com o quê? Eu não trabalho mais. Apenas tenho minha aposentadoria e um fundo de investimento. Paguei por essa aposentadoria particular a vida toda, e ela dá muito bem para eu e Daniel vivermos. Eu só não contava com esse processo tão longo e tão caro.

— Calma, Roberto. Viaje e na volta sentamos, pensamos, faremos as contas. Vamos ver de quanto será o valor final do processo, certo? Boa viagem, bom Natal e que o ano-novo seja muito especial. Dê um beijo no Daniel por mim.

— Para você também Luiz, para seus filhos, seus netos... um Natal cheio de luz, com muita paz, e um novo ano de saúde e amor para todos. Até a volta, amigão.

— Até a volta.

Desligou e só então percebeu que Daniel estava perto dele. Olhou para o menino.

— Falei com sua avó Jennifer e comprei apenas uma roupa de frio para você, pois ela disse que prefere comprar as coisas de inverno lá. Perguntou que tamanho você usa.

— Vovô, que história é essa de vender a casa da praia?

— Estamos num processo, eu e seus avós maternos. Ambos queremos sua tutela.

— Tá, a tal coisa que dá direito de eu ficar com eles ou com você?

— Sim.

— E o dinheiro?

— A justiça exige advogados e uma série de gastos. E estou gastando mais do que ganho. Mas isso não importa, pois quero você perto de mim. Seus avós maternos têm o mesmo desejo. Assim, é o juiz quem vai decidir. Acredito que o juiz tenha solicitado que você fique com eles um mês exatamente por isso: para conhecê-los melhor.

— Mas eu não quero aqueles avós. Quero você.

— Por isso estamos gastando, mas gastamos o que é nosso. E, se para isso tivermos de vender a casa da praia, venderemos, certo?

— Não acho certo, nem um pouco. Meu pai e minha mãe deixaram um milhão de reais para mim?

— Deixaram um milhão de dólares, mas você somente poderá usar esse dinheiro quando tiver 21 anos. O juiz americano decidiu assim, para que ninguém possa pegar o que é seu.

— Nem para pagar a dívida *do juiz*?

— Nem para pagar a dívida da justiça.

— É injusto. A gente gosta tanto da casa da praia...

— Essas coisas fazem parte da vida. Se a gente vender lá, compramos noutro lugar, uma casinha ou um apartamento. Isso é coisa de adulto, não se preocupe. No fim Deus dá uma mãozinha e as coisas se acertam.

— Vou conversar com Deus hoje à noite e falar que eu não quero que você venda a casa da praia. Posso falar isso para Ele?

— Pode sim, pode conversar com o papai, a mamãe, com Deus. Fecha os olhinhos e fala com eles. Daí é como se uma voz viesse do coração e respondesse. Você não vai ouvir voz nenhuma, mas vai sentir como se eles lhe falassem.

— Como a consciência da gente, o Grilo Falante?

— Por aí. Agora vá brincar. Amanhã faremos as malas e à noite viajaremos. Ah, não esqueça de levar seus livros de francês e alemão, para estudar um pouco e praticar.

— Mas estarei de *férias*, vovô.

— Tudo bem, mas leve os livros assim mesmo. Digamos que neve muito. É melhor ganhar o tempo com isso.

— Eu preciso falar em inglês com meus avós maternos?

— Pode falar com eles em inglês ou português, tanto faz. Tente falar em inglês, é bom para treinar com as pessoas que vai encontrar lá.

— Vô...

— Diga, Daniel.

— Tomara que você não venda a casa da praia.

— Esse não é um assunto de criança, é de adulto. Eu vou resolver, fique tranquilo.

— Vô, só mais uma pergunta, posso?

— Pode sim, claro que pode. Nunca deixo de responder o que você me pergunta.

— Na volta é meu aniversário. Podemos ir para lá?

— Podemos sim, mas não vamos fazer uma festa grande. Este ano será pequenininha.

— Eu quero ir para lá, não importa o tamanho da festa.

— Vamos fazer uma festa bem bonita, mas sem camelo. Lembra?

— Lembro sim. Foi meu primeiro aniversário lá. O segundo foi aqui, mas o terceiro será na prainha.

No dia seguinte, depois de muita correria, finalmente chegaram a Nova York. Os Knight moravam em Boston. Logo que encontraram o motorista, que estava com o nome "Daniel Moran" escrito numa folha de sulfite, Roberto explicou que iria com ele levar o neto. O motorista insistiu que levaria somente o menino e que deixaria Roberto onde ele quisesse. Roberto foi claro e disse que entregaria o menino dentro da casa dos avós. Pediu-lhe que ligasse para o casal.

O motorista obedeceu e ligou. Falou com Gregory e ouviu dele que levasse Roberto e o menino e depois voltasse para Nova York ou para onde o avô quisesse ficar.

Quando chegaram à mansão dos Knight, um imenso portão se abriu e o carro entrou numa espécie de alameda, que mesmo no inverno não perdera a beleza. Havia nevado e o caminho parecia um conto de fadas. Os pinheiros circundavam a estradinha, e à noite eram acesas as luzes que os enfeitavam, como se podia perceber pelos fios que as interligavam. Finalmente o carro parou na frente da enorme casa.

— Eu vou ficar aqui nessa casa imensa com eles, vovô?

— Sim, vai, mas não se preocupe. Gente rica gosta de ostentação.

— Ostentação?

— Mostrar que tem muito dinheiro.

O casal apareceu e Daniel agarrou-se ao avô.

— Bom dia, Daniel, seja bem-vindo à nossa casa — falou Gregory.

— Bom dia, meu neto lindo... venha comigo — disse a avó.

Roberto cumprimentou os pais de Júlia. O frio era intenso, mas o casal não o convidou a entrar. Estavam todos no hall da casa.

Percebendo a difícil situação, Roberto abraçou bem forte o neto:

— Cuide-se para o vovô. Quando der saudade, basta me ligar.

— Vou ligar toda hora para você.

Roberto despediu-se cordialmente do casal e entrou no carro. A avó segurou a mão do menino, que acenou um "tchau" com a outra. Gregory mandou um dos empregados pegar as malas do neto.

Voltando a cabeça para trás e não mais vendo a casa, Roberto fechou os olhos e rezou para que tudo desse certo naquela visita.

O motorista o levou direto para Summity e lá Roberto ficou com Mike, Sarah e as crianças. Foi muito bem recebido, ao contrário do que havia acontecido com os Knight. Afinal, era compreensível que não gostassem dele: estavam brigando na justiça pela guarda do menino. "A vida é assim", pensou ele. "Não podemos fazer ninguém gostar de nós, tampouco somos obrigados a gostar de alguém."

No dia seguinte, Roberto ligou para saber como Daniel estava. Achou que os Knight não gostariam de receber esse tipo de telefonema, mas quem atendeu foi um empregado da casa.

Chamaram o menino, que pareceu muito feliz em falar com o avô.

— Como foi seu dia ontem?

— Melhor do que eu pensava, vovô.

— Jantou direitinho? A cama é gostosa?

— Jantei direitinho sim. A cama é muito grande, dei até uns pulos para ver como era...

Roberto sorriu.

— Que mais?

— Meus avós vão me levar para dar uma volta e trocar algumas roupas que compraram, umas ficaram grandes e outras pequenas, mas algumas deram certo. Hoje de manhã a vovó Jennifer ficou me pedindo para vestir uma, depois outra e assim foi a manhã inteira, me enchendo o saco.

— Não fale assim. Não é educado.

— Ah, vovô, com você é tudo diferente. Aqui é um... como se chama isso?

— Ritual?

— Acho que é. Para tudo! Na hora do café eu queria sumir. Tinha tanta coisa! Eu nem sabia o que queria e o vovô Gregory comia tudo aquilo que você diz que faz mal.

— O quê, por exemplo?

— Ovos com bacon, muita fritura, panquecas.

— Panqueca é gostoso.

— É, vovô, se a panqueca é de carne, mas a daqui eu nem sei do que é feita.

— Pergunte o nome das coisas e você aprende em inglês.

— Estou falando inglês com todos aqui. De vez em quando eles não me entendem e de vez em quando eu também não entendo nada. Então peço para repetir e eles repetem um monte de vezes e eu vou aprendendo.

— Muito bem. Se sentir saudade, me ligue.

— A vovó Jennifer falou que era para eu ligar para você amanhã, porque eles vão me levar a um lugar que tem neve e eles têm uma casa lá.

— Amanhã você me conta onde é isso, está bem?
— Sim, vovô.
— Beijos.
— Beijos. Sinto sua falta, vô.
— Também sinto a sua, querido. Fique com Deus.

Notou que o menino se esforçava muito para cumprir o que o juiz mandara, mas o fazia com boa vontade. Era normal que Daniel tivesse curiosidade em conhecer seus avós maternos. Afinal, eram pais de sua mãe.

Segundo Roberto, tudo tinha uma finalidade na vida, até mesmo conhecer os avós maternos. Apenas não concordava que lhe tirassem o neto. Mas achava as visitas algo normal. Se tudo continuasse desse modo, estaria muito bom.

No dia seguinte, antes de o menino falar com o avô paterno, Jennifer, como quem não quer nada, disse a Roberto que eles levariam o menino para passar o Natal em Aspen, onde tinham uma casa. Disse ainda, sem entusiasmo, que ele teria aulas de esqui, como a mãe tivera.

Em outras palavras, sugeriu que o avô não telefonasse. Se houvesse algo importante, entrariam em contato. Avisou que voltariam somente em 19 de janeiro, para que ele embarcasse no dia 20. Delicadamente, mandou-o para o inferno.

Roberto entendeu o recado e resolveu ficar calado. Desejou um feliz Natal para os Knight e depois falou com Daniel, sabendo que Jennifer estava ao lado dele.

— Daniel, você vai para Aspen, uma região onde tem neve, esqui e outras coisas mais. Dizem que é muito bonita. Aproveite bem. Não creio que seu celular pegue direito lá, mas, se houver possibilidade, ligue. Caso contrário, não se preocupe, o tempo passa rápido e depois estaremos juntos, certo?

— Certo, vovô, fique tranquilo, estou bem aqui e o vovô Gregory mostrou fotos de Aspen e da mamãe quando era menina, aprendendo a esquiar.

— Faça o que o professor de esqui mandar. Aprenda, isso é bom, e chique. É muito chique saber esquiar. Você está aí para se divertir, são suas férias, aproveite bastante.

— Está bem, vovô. Feliz Natal para você também...

Naquela noite, Roberto rezou bastante e pediu para que Deus protegesse o seu netinho. Que nada acontecesse a ele e que as férias com os avós maternos lhe fizessem um grande bem. Tinha certeza de que os Knight cuidariam dele com carinho. "Pena não terem aceitado o casamento da filha", pensou. "Se o tivessem feito, hoje Daniel estaria mais feliz". Depois completou: "Eles acabaram pagando um preço muito alto por isso. Perderam a única filha porque ela se apaixonou por um homem pobre e pobre para eles não é o mendigo, é um trabalhador que luta por seu salário".

O Natal chegou. Mike e a família fizeram uma ceia linda, com árvore, casa cheia de luzinhas coloridas. Roberto foi à missa do galo.

Foi um momento de muita alegria, embora ele não tirasse o olho do celular, que não tocou. Decerto os Knight fizeram o possível para que o pequeno Daniel não lhe telefonasse. Era o jogo da vida, e no momento eles estavam ganhando a partida. Roberto, porém, sabia que era bom técnico e que, depois daquele, reverteria o placar.

No dia seguinte, partiu para a Itália. Desembarcou em Roma e pegou um avião para Palermo. Em seguida alugou um carro e dirigiu-se a San Cataldo, de onde pegou uma estrada de vinte e poucos quilômetros até o mosteiro em que Antônio vivia.

Achou melhor não parar em nenhum lugar e ir direto conhecer o irmão. Seu coração estava radiante de felicidade, alegria e agradecimento. Saber que tinha um irmão e conhecê-lo era, sem dúvida alguma, uma dádiva de Deus. Pensava que provavelmente esse presente equivaleria a reencontrar Cláudio, que devia ter a mesma idade de Antônio.

Olhava as paisagens e se deliciava com tudo. Pensou nas comidas italianas e jurou que dessa vez esqueceria a dieta. Já tinha conversado com Antônio pela internet. Sabia como ele era, conhecia sua voz, trocaram muitas informações, mas agora ia vê-lo ao vivo e abraçá-lo. Faria parte de seu mundo, algo grandioso e fascinante.

Chegou ao mosteiro quase no fim da tarde. Já telefonara, avisando que estaria lá por volta das seis da tarde. Estacionou o carro no instante em que o sino chamava para a missa.

O irmão veio abraçá-lo. Primeiro entreolharam-se, e então Roberto o abraçou e beijou-o como se fosse um filho.

Antônio, com os paramentos da missa, convidou-o a participar da celebração. Ajudou Roberto com a mala e o notebook, que ficou em uma sala do mosteiro. Em seguida entraram na capela.

A celebração começou e padre Antônio apresentou Roberto aos irmãos do mosteiro. Na ordem havia somente três padres. Os demais eram irmãos e não celebravam a missa. Dois deles estavam viajando, um fazendo doutorado em Roma e o outro atendendo uma comunidade em Palermo.

A missa foi linda. Os irmãos cantavam maravilhosamente e a atmosfera na capela era belíssima, com as velas resplandecendo como estrelas, o esplendor do Cristo na cruz mostrando a religiosidade de quem o esculpira.

O mosteiro, com séculos de existência, parecia um lugar no paraíso.

Roberto se emocionou. Além da beleza do ambiente, a construção de pedras e a sensação de Deus presente ali fizeram-no rever toda a sua vida em poucos instantes. No altar, uma dádiva ainda maior, um irmão que agora era parte de sua vida.

Comungou e agradeceu ao bom Deus a existência do neto Daniel, que ele tanto queria que estivesse ao seu lado naquele momento de congraçamento com o irmão de sangue, e com Cristo no coração.

Terminada a celebração, cada um dos irmãos da ordem foi cumprimentá-lo. Depois, ele foi para o quarto que haviam lhe reservado. Tomou um banho bem rápido, vestiu-se e dirigiu-se ao refeitório. Todos o esperavam. Afinal, era o irmão do superior, e foi recebido com uma salva de palmas.

Roberto falava italiano por causa do pai, mas de vez em quando cometia alguns erros e os irmãos o corrigiam, brincando. Depois do lauto jantar em sua homenagem, e de muito vinho nas taças, ele e Antônio sentaram-se a um canto, sozinhos, e começaram a conversar sossegadamente:

— Estou muito feliz por ter vindo, Antônio. Nunca imaginei que Deus me daria um presente tão lindo.

— O bom de tudo, Roberto, é que descobri quem eu era. Quando o terremoto aconteceu, morávamos num pequeno sítio e eu não me lembro de nada. Quando acordei de verdade, já haviam se passado mais de seis meses. O provincial que cuidou de mim se chamava Bartollo. Morreu há uns dez anos. Encontrou-me muito mal e me trouxe para cá. Na aldeia, quase todos morreram, e os que sobreviveram foram embora. O lugar foi destruído.

— Você se lembra ao menos de alguma coisa?

— Lembro-me de nosso pai, de minha mãe, da casa no sítio, nada mais.

— Esqueceu seu sobrenome quando voltou da amnésia?

— Os irmãos e o padre provincial me chamavam de Antônio, o nome que lhes dei. Depois, passaram a usar Bendetto, e por isso virei Antônio Bendetto. Quando precisei tirar documentos para me matricular na escola daqui da cidade, fui registrado como Antônio Bendetto, órfão, mas sob a tutela de padre Bartollo, que assumiu me criar.

— Vendo você celebrando a missa, todo mundo diria que nasceu para isso. Deus o manteve no mundo para ajudar os outros, para cuidar dos irmãos jovens e dos velhinhos.

— Fiquei um ano doente depois do terremoto. Quando sarei, meu nome era Antônio Bendetto e meu pai era o padre Bartollo. Assim, todos os irmãos do mosteiro tornaram-se meus irmãos. E hoje tenho um irmão biológico. Deus é bom mesmo. Quem poderia imaginar que você me encontrasse numa reportagem de uma revista quando visitou a Itália?

— Trouxe muitas fotos para você saber quem eram nosso pai e nossos avós. Dos avós não tenho muitas fotos, mas posso contar o que sei deles e do lugar em que você nasceu.

— E a sua história, meu irmão, que linda, triste e cheia de religiosidade! Onde está o netinho?

— Com os avós maternos, nos Estados Unidos.

— E a briga judicial, continua?

— Já tem data de término.

— Você vai ficar com o menino. Quando eu for ao Brasil, quero conhecer meu sobrinho-neto. Tenho a mesma idade que seu filho teria?

— Meses de diferença.

— Nosso pai era um garanhão — disse Antônio, rindo. — Casou com uma moça de vinte anos.

— Ele era feliz aqui. Ficamos juntos até eu começar a faculdade. Na ocasião, eu deveria ter dezoito ou dezenove anos. Depois ele veio para a Itália, mais tarde casou com sua mãe. Foi uma pena os dois terem morrido quando você tinha cinco anos.

— Veja como Deus é bom. No lugar de Cláudio e Júlia, deu-lhe Daniel e um irmão bem mais novo...

— É verdade. Você me disse que foi estudar em Roma?

— Sim, fiz teologia, filosofia. Eu me ordenei e depois voltei para ajudar o padre Bartollo a cuidar do mosteiro. Antes de morrer ele me pediu que voltasse a estudar, e assim fiz mestrado e doutorado em teologia, também em Roma. Hoje, reservo algum tempo para escrever e estudar. Assim tenho muita ocupação aqui e a principal é cuidar dos meus irmãos mais velhos, que são 15. Os mais novos ajudam bastante. Somos 28 irmãos, três padres e seis funcionários. Ensino os irmãos jovens, dou aulas para eles. Alguns, acredito, chegarão a ser padres. Outros permanecerão como irmãos e alguns seguirão novos caminhos.

— Por quê?

— Há poucos homens com vocação para a vida religiosa atualmente. Os casais não têm mais tantos filhos como antes, e a Itália vive um caos muito grande, política e socialmente. O mosteiro não pode reclamar, aqui fazemos queijo, doces, pães, vinho. O que você bebeu é daqui.

— Sério? Muito bom!

— Pouquíssima produção, mas fazemos tudo. Celebro missa também na cidade, onde cuidamos de uma igreja linda e muito antiga.

— Quero conhecê-la, quero saber tudo sobre você. Não pode imaginar como sonhei com isso!

— Não é um sonho. Quando fiz o exame de DNA e deu resultado positivo, fiquei muito feliz, por descobrir quem eu era. Rezei muito por você, e venho rezando para que possa cuidar do seu *bambino*.

— Em italiano, *bambino* tem um sentido mais romântico do que em português. Em minha língua, dizemos "menino".

— Aqui nascemos românticos.

— Está feliz como padre?

— Muito. Nasci para isso. Jamais me imaginei outra coisa, a não ser professor, que também sou. E você, sem trabalho algum, não sente tédio?

— Sem trabalho? Na minha idade, acha fácil cuidar de uma criança de nove anos?

— Não é bom?

— É ótimo.

— Por que não arruma outra ocupação?

— Não sei se quero. Faço algumas coisas na nossa comunidade. Sou o único viúvo a ministrar palestras nos cursos de noivos.

— Isso é bom, você foi feliz. Ensina os casais que devem permanecer juntos até a morte.

— Faço muito pouco e acho que poderia fazer mais, mas a realidade é que essa celeuma da tutela não tem sido muito fácil.

Antônio sorriu.

— Compreendo, meu irmão. O frio dessa noite também não é fácil, concorda? Felizmente, com a lareira, o coração fica ainda mais quente. Amanhã vou levá-lo a dar uma volta. Vai conhecer a cidade toda.

— Sabe aonde quero ir?

— Sim, sei. Temos ruínas lá desde o terremoto, mas fizeram uma capela em nome de todos os que morreram. São quase cinco mil nomes. Todo mês celebramos uma missa em memória deles. E, desde que conheci você, e descobri o nome do meu pai e da minha mãe, também celebro para os dois.

— Fiquei feliz em saber que reza para nosso pai, sua mãe e todos nós.

— Estou solicitando o acréscimo do sobrenome de nosso pai. Serei Antônio Bendetto Moran!

— Isso demora?

— Não, está tudo certo, mas preciso acrescentar o Moran nos meus diplomas. Vou deixar Antônio Bendetto apenas nos meus livros. Aqui todos dizem "dom Antônio" e pronto. Vamos dormir? Passamos da hora...

— Sim, vamos.

— Seu quarto é simples, mas tem internet lá. Espero que goste.

— Obrigado.

Na manhã seguinte, Antônio foi mostrar-lhe a cidade de San Cataldo. Depois almoçaram num restaurante típico, onde dom Antônio era bastante conhecido.

Algumas pessoas paravam e o padre tinha prazer em apresentar seu meio-irmão brasileiro. Os dois eram parecidos e tinham traços comuns. Na realidade, dom Antônio era igualzinho ao pai.

Em seguida dirigiram-se para a aldeia onde aconteceu o terremoto. Roberto ficou imaginando a grande tragédia. Rodeada de montanhas cheias de pedras, o terremoto fez com que elas deslizassem e a soterrassem, com seus quase cinco mil habitantes. O mistério maior foi como Antônio sobreviveu e acabou indo para o mosteiro, que, em linha reta, ficava a mais de vinte quilômetros da aldeia. E, segundo os poucos sobreviventes, todos dormiam naquela hora.

— Não sei como fui parar lá — comentou o padre. Deve ter sido a mão de Deus. Dizem que eu estava tão machucado que eles não acreditaram que sobrevivesse. Todos rezaram e cuidaram de mim. Fiquei quase um ano sem lembrar de nada e acordei Antônio Bendetto.

— Renasceu das cinzas, como a fênix.

— Deus me deu uma missão e estou feliz em realizá-la. E agora tenho você, meu irmão mais velho, praticamente um pai para mim. Obrigado, Roberto. Você me deu a família biológica que eu não tinha. Quero muito conhecer o Daniel.

— Passe uns dias conosco no Brasil. Sei que é difícil deixar todas as suas atividades aqui, mas tente. Quero que conheça a terra de que nosso pai gostava tanto. Vai amar o Brasil, um país cheio de contrastes, fantástico.

— Sei que vou. É um povo religioso, o maior país do mundo em número de católicos.

Antônio era exatamente o padre de que todos gostam: bem-humorado, alegre, realizado em seu trabalho de divulgar a Palavra de Deus. Era conhecido na região inteira. Pertencia àquele local e o povo o adorava.

Bastava Roberto sair com o irmão para ser convidado a ir a todos os lugares. Aos poucos, também começou a ser conhecido na cidade e parava para falar com as pessoas.

À medida que os dias passavam, cada vez mais se estreitava o laço de amizade entre os dois irmãos. Parecia que tinham se conhecido a vida inteira.

No mosteiro, quando estava sozinho, Roberto pensava em Daniel. Os Knight tinham realmente deixado o menino sem comunicação com o avô. Ligou algumas vezes para a casa em Boston, mas os empregados foram instruídos a não dar celulares e telefones dos patrões. Apenas diziam que eles estavam viajando e que voltariam dia 19 de janeiro.

Antônio o aconselhou a deixar de se preocupar. Afinal, o menino estava sob a responsabilidade dos avós, que decerto cuidavam muito bem dele. Sua preocupação era excessiva, comentou Antônio, apesar de achar que um ou outro telefonema lhe faria bem.

Roberto externou também seu problema financeiro. A audiência estava marcada para março e ele não sabia como pagar o advogado e o restante das dívidas que contraíra em função do processo. Antônio o aconselhou a não pensar duas vezes. Era melhor vender a casa da praia, apesar de gostar tanto dela. O dinheiro, embora necessário e útil, não é tudo na vida das pessoas.

Roberto reparou que o irmão transmitia paz e religiosidade, e que o levava a entender melhor a vida.

Na semana da partida, Roberto e Antônio foram para a aldeia destruída e, na capela onde estavam os nomes dos mortos, rezaram pela alma de todos.

Roberto contou, durante a celebração da missa, como descobriu que o irmão estava vivo e como fora parar ali, para rezar pelo pai, pela madrasta e pelos parentes distantes que morreram. Emocionado, afirmou que o fato de o irmão ter sobrevivido era uma enorme graça divina. Depois da missa, foi cumprimentado pelos poucos sobreviventes que agora moravam em outras aldeias ou cidades.

Conheceu um senhor chamado Giuseppe Mastrantelli que havia conhecido seu pai, a família da segunda esposa dele e os avós de Antônio, que também morreram durante o terremoto. Apesar de sentir muita tristeza por causa da tragédia, sentiu que revivia um pouco a história do pai e que descobria a essência do que ele deixara: não apenas um sobrevivente, mas um padre que cuidava de todos ali.

Finalmente chegou o dia da partida, e os irmãos se abraçaram fortemente.

— Antônio, se eu não estiver vivo, lembre que prometeu ir à formatura do meu neto, sabe Deus quando, em meu lugar, para abençoá-lo.

— Fiz a promessa, meu irmão, e a cumprirei, mas acho que você consegue chegar lá — Riu, meio timidamente. — Cuide-se e continue a cuidar do nosso *bambino*.

— Reze por nós.

— Farei isso sempre. Nos vemos pela internet. Envie mensagem quando chegar ao Brasil.

— Claro que sim. Meu coração estará sempre perto de você. Sou seu pai agora, meu padre...

— Que família eu arrumei! — Antônio sorriu.

Roberto entrou na ala do embarque, rumo aos Estados Unidos.

13. Voltando para casa

Roberto chegou ao aeroporto John Fitzgerald Kennedy e tratou de retirar sua bagagem. Dirigiu-se à ala onde o avião que o levaria para o Brasil, com Daniel, já se encontrava.

O voo havia atrasado muito devido ao mau tempo em Roma. Para sua surpresa, Daniel estava acompanhado pela avó, Jennifer. O menino correu ao encontro do avô, abraçando-o e beijando-o efusivamente.

— Tenho tanto para contar, vovô!

— Eu também tenho, querido. Estou com as passagens. Vamos fazer o nosso *check-in*?

Olhou para Jennifer:

— Como vai, sra. Knight?

— Estou bem, e o senhor?

— Muito bem. Como vai o sr. Knight?

— Teve uma reunião inesperada e não pôde vir se despedir do nosso neto.

— Entendo.

Roberto teve vontade de dizer que o único neto que ele tinha era mais importante do que todas as reuniões do mundo, mas ficou quieto. Estava engasgado por não conseguir notícias durante o período em que Daniel ficara com eles.

— Outra coisa, senhor. Pedimos a nossos empregados que lhe dissessem que Daniel estava bem, caso o senhor ligasse para saber dele. Soube que telefonou várias vezes e teve sua resposta atendida. É a primeira vez que ficamos com nosso neto e queríamos a sua distância, para ser bem sincera.

— A senhora fez o que seu coração mandou e não o que meu coração me mandaria fazer. Nada tenho a dizer. Volto para casa com meu neto.

— Não será por muito tempo. Aproveite as semanas que lhe restam.

— Obrigado por suas gentis palavras. Recomendações ao sr. Knight.

— Vamos, vovô.

— Sim, claro, estava apenas agradecendo a hospitalidade que ela lhe deu durante suas férias. Vamos, sim.

Roberto empurrou o carrinho com as muitas malas que o menino trouxera. Embarcaram e, após rezarem para que a viagem transcorresse sem problemas, começaram a conversar.

— Daniel, conte como foram suas férias.

— Nós fomos para Aspen, onde eles têm um chalé. Sabe, vovô, é uma casa imensa e havia alguns convidados lá.

— E o que você fazia?

— De manhã, vinha um professor e me levava para esquiar. Fazia muito frio, depois eu acostumei.

— Você esquiou?

— Quase todos os dias. Somente quando nevava muito a vovó não me deixava ir. Então me levava para passear, fazer compras nas lojas. O vovô ficava um ou dois dias lá, depois voltava. Ele conversava muito comigo.

— Trataram você bem?

— Sim, muito bem. Era divertido com o professor e mais uns dois meninos que ele também levava. A gente dava muita risada, caía muito na neve. Eu me machuquei somente um dia, na perna, não foi nada grave.

— E o resto do tempo?

— Tinha um casal hospedado na casa deles. Eles tinham dois filhos, uma menina ruiva, um menino da minha idade e eles jogavam baralho comigo. Depois tinha filme no fim da tarde antes do jantar, cada dia passavam um.

— Não saíam para passear?

— Não. O vovô e a vovó iam jantar de vez em quando num restaurante e eu ficava com a Mitzy e o Jerry, os filhos do Gerald e da Angela.

— Sim, entendi, os amiguinhos que estavam lá.

— Eu também via televisão, tinha uma no meu quarto. Teve um dia que estava um sol muito bonito, um dia lindo, daí o vovô Gregory mandou trazer uma charrete para passearmos. Ele foi comigo, a Mitzy e o Jerry.

— Foi bom, então?

— Foi muito bom. Eu gostei muito de aprender a esquiar, o professor disse que eu levo jeito.

— Que mais?

— Eu sempre prometi contar a verdade e você também, não é?

— Sim, foi o que combinamos. Você fez algo que acha que não deveria ter feito?

— Não sei se fiz mal, acho que sim, desculpe.

— Conte, não importa o que seja...

— Um dia, o vovô Gregory me levou até o escritório dele numa cidade que eu esqueci o nome, no avião dele. Chegamos lá, descemos no aeroporto e tinha um carro que veio buscar a gente. Fomos para o prédio dele.

— Chique.

— Muito chique, vovô. Daí teve uma reunião com um monte de gente em volta da mesa. Eu sentei do lado dele, ele pediu para eu levantar e cumprimentar todos e contar que eu era neto dele. Depois falavam na reunião o tempo todo e eu não entendia quase nada, era um inglês complicado com palavras que não sei o que significam. Daí ele chamou a secretária, que me levou na sala dele. E trouxe café, leite, donuts, chocolate e comi o que eu queria...

— Então?

— Depois vovô chegou, falou que a reunião foi um sucesso. Disseram que eu era muito educado. Perguntei se estavam falando de dinheiro e o que ele fazia. Ele disse que era um homem de negócios, lidava com empresas, investia e mais um monte de coisas. Acho que ficou até chato, porque eu não sei o que significa em português isso, o que dirá em inglês!

— Ele tentou explicar o que fazia na vida, o que é bom para você saber.

— Mas eu falei o que não devia.

— Conte.

— Perguntei se ele emprestava dinheiro com juros. Ele disse que fazia mais ou menos isso também. E queria saber por que eu tinha perguntado. Então eu disse que queria um empréstimo.

— Empréstimo?

— É, vovô, perguntei se ele me emprestaria um milhão de dólares.

— Uau! De onde tirou isso?

— Posso acabar de contar?

— Desculpe, eu interrompi.

— Eu falei que estava preocupado porque ouvi você dizendo para o tio

Luiz que estava gastando muito dinheiro na justiça e que teria de vender a casa da praia para pagar a dívida.

— Minha nossa!!!

— Foi bravo, né, vovô?

— Continue. Estou achando interessante tudo isso...

— Ele quis saber como eu pagaria o empréstimo.

— O que você disse?

— Falei que tinha um milhão de dólares, mas que somente poderia pagá-lo quando fizesse 21 anos.

— E o que ele respondeu?

— Disse que sabia disso, e que eu somente vou poder retirá-lo do banco quando tiver 21 anos.

— Espero que tenha ficado só nisso. Ele disse que não empresta e acabou o assunto?

— Não. Ele fez uma proposta.

— Proposta?

— Falou que, se eu ficar com ele e não com você, ele paga toda a dívida. Falou também que era um acordo dele comigo e que você nem precisava saber.

— Meu Deus!!! Como terminou esse assunto?

— Eu disse que não podia fazer isso, que eu morava com você e que lhe contava tudo.

— Que enrascada. Espero que ele não tenha pensado que lhe pedi isso, pois seu outro avô é cheio de artimanhas.

— Ele perguntou se eu ia lhe contar e eu disse que sim. Ele disse para eu não falar nada, pois você não iria gostar. Eu falei, como você ensinou: "Tudo bem".

— Espero que ele não use o assunto da casa da praia na audiência!

— Desculpe, vovô, eu somente queria ajudar e acabei, como você diz, pondo os pés pelas mãos.

— Não se preocupe, você falou o que sentiu. Acho que, quando viu quanto seu avô Gregory é rico, mostrando seu avião, seu prédio, seus negócios, achou que pedir um milhão de dólares emprestado — sorriu, divertido — e pagar daqui a doze anos seria coisa comum, como adiantar sua mesadinha em um dia ou dois.

— Você não ficou zangado?

— Como posso ficar zangado com você? Você queria apenas resolver um problema meu, mas já está resolvido. Você fica comigo, vendemos a casa de praia e acabou. Tudo na vida tem um começo, um meio e um fim. A casa de praia foi boa enquanto durou.

— Falei besteira para o vovô Gregory.

— Vamos esquecer esse assunto. Pronto, já acabou. Não quer saber das minhas férias com seu tio padre?

— Quero! Fale do meu tio Antônio, o único tio que eu tenho. Ele vai para o Brasil me conhecer?

— Vai sim. Combinamos que ele vai celebrar a missa de sua primeira eucaristia no ano que vem. Ficará uma semana conosco. Assim dará tempo de você terminar o catecismo e vermos a data em que ele pode vir.

— Que legal, vovô!

Roberto e o neto chegaram ao Brasil e foram para a praia, onde comemoraram mais uma vez o aniversário de Daniel. Depois a rotina recomeçou, com as aulas do menino e os afazeres do avô. O tempo passou tão depressa que logo chegou o dia da audiência.

14. A audiência

Na véspera da audiência, o advogado explicou que o juiz chamaria Daniel para conversar com ele. Roberto ficou perturbado por alguns instantes, mas depois, passado o primeiro impacto de saber que o neto teria de ir ao tribunal, onde um juiz decidiria seu futuro, achou que seria bom que o menino falasse o que estava em seu coração.

O advogado o instruiu a pedir que Daniel dissesse que queria ficar no Brasil. Roberto disse que não faria isso. O menino falaria o que tivesse vontade, fosse a favor, fosse contra. O principal era deixá-lo à vontade para decidir se queria ficar com os avós Knight ou com ele. Era só isso que contava.

Quando regressavam da escola e depois das perguntas habituais, Roberto contou ao neto que ele iria à audiência.

— O juiz vai falar comigo?

— Sim, vai perguntar algumas coisas para você.

— O quê, por exemplo?

— Tudo o que achar importante. Ele já tem uma ideia do que vai fazer, mas quer ouvir você e saber suas opiniões.

— Entendo, vovô, mas tenho aula amanhã, e é dia de alemão...

— Não precisa se preocupar com isso. Quando o juiz chama a gente, quem trabalha ou quem estuda, pode pedir um atestado e não fica com falta.

— Ah, isso é bom. Depois eu levo o tal de atestado e eles anulam a minha falta. Tenho aula de alemão à tarde. A *Fraulein* Magda é barra pesada.

— É do tipo forte?

— Não, é durona.

— Enérgica, você quer dizer.

— Isso, vovô.

— Mas voltando à audiência...

— Posso falar o que eu quiser?

— O que o juiz perguntar e somente o que ele perguntar, certo?

— Está bem.

Roberto entrou pela primeira no fórum com o neto. O menino achou o prédio bonito e fez alguns comentários. Depois foram para a sala da audiência. Ali estavam os avós Knight. O menino foi cumprimentá-los. Jennifer o beijou e o abraçou entusiasticamente. Gregory o abraçou. Os advogados trocaram cumprimentos.

Ninguém falava nada. Daniel resolveu ficar perto de Roberto depois que Gregory lhe deu um presente. O advogado de Roberto pediu ao sr. Gregory que pegasse o presente de volta e o entregasse depois da audiência.

O advogado de Gregory tentou intervir, dizendo que era apenas uma demonstração de saudade do neto, que ele não via desde janeiro, mas acatou delicadamente a advertência.

O menino olhou para o avô Roberto e perguntou baixinho:

— Por que ele não pode me entregar o presente?

— Antes da audiência não é permitido trocar presentes. Coisas da praxe judicial.

— Coisa estranha — retrucou Daniel, meio curioso com o acontecido.

Não demorou muito e o juiz chamou os advogados. Em seguida, os advogados voltaram com uma secretária, a qual levou o menino até o juiz. Os advogados entraram por outra porta e fizeram com que todos os avós sentassem. Havia um vidro na frente, onde se podia ver o juiz sentado numa mesa comum para conversar com Daniel.

O menino entrou e o juiz, um senhor de quase sessenta anos, cabelo grisalho, muito simpático e sorridente, levantou-se da cadeira, acomodou-o e foi para o outro lado. Daniel não sabia que seus avós podiam ouvi-lo.

— Qual é o seu nome? perguntou.
— Daniel.
— Daniel, você sabe por que está aqui hoje?

O menino foi espontâneo desde o início.

— Sei sim, senhor. É por causa da minha tutela.
— O que é a tutela?
— É para saber se eu fico com meu avô Roberto ou com meus avós maternos.
— Certo, muito bem. Vejo aqui nos meus documentos que você estuda numa escola onde se aprende português, inglês, francês e alemão, além de muitas outras disciplinas. E suas notas são muito boas.
— Obrigado. É que eu gosto muito de aprender línguas. Meus pais falavam vários idiomas. Meu avô Roberto também fala, menos alemão. A vovó Jennifer também fala várias línguas.
— E o vovô... como é o nome do outro?
— Gregory.
— Ele fala outras línguas?
— Não sei. Sei que fala português e inglês.
— Que bom, todos gostam de falar vários idiomas, e você falando tantos idiomas prefere morar onde?
— Aqui.
— Em São Paulo?
— Sim, eu gosto daqui, é aqui que eu estudo, que eu tenho meus amigos.
— O que o vovô Roberto faz? Ele trabalha?
— Não, ele se aposentou.
— E o seu avô Gregory faz o quê?
— Ele diz que é empresário.
— Entendo. E qual dos dois você gostaria que fosse o seu tutor, que ficasse com você até você ser maior de idade?
— O vovô Roberto. Posso falar dele?
— Pode.
— O vovô Roberto cuida de mim desde que meus pais morreram. É ele quem me acorda de manhã, faz o café e me leva à escola. Depois ele vai me

buscar, prepara o jantar para mim, me ajuda nas lições, me leva à casa da praia, conta histórias, principalmente a do gato azul, de que eu gosto tanto. Eu adoro meu avô e quero ficar com ele.

— E os outros avós, como são com você?

— Eu fiquei nas minhas férias com eles. São bonzinhos. O vovô até me levou para passear no avião dele, me mostrou o prédio da empresa, me ensinou a andar de esqui. Arrumou até um professor para eu aprender a esquiar. Mas é diferente.

— Explique, para eu entender: o que é diferente?

— À noite o vovô Roberto me leva água, depois reza comigo o Pai-Nosso, me conta histórias, me dá um beijo e me cobre. Quando eu tenho medo de trovão, dá aqueles raios, sabe, ele vai ao meu quarto ver se estou com medo, e, se eu estou, ele me leva no quarto dele e eu durmo lá.

— E seus avós maternos, como faziam com você nas férias?

— Nem a vovó Jennifer nem o vovô Gregory iam ao meu quarto dizer boa noite e me contar histórias. Pela manhã uma empregada me acordava e falava que era para eu levantar.

— Você sabe bem matemática, não é? Tira sempre nota dez... De zero a dez, que nota você daria para os avós que você tem?

— Precisa dar uma nota mesmo para eles?

— Só para eu saber. Eu também tenho dois netinhos, sabia? Eu queria muito saber que nota eles me dariam.

— O senhor deve ser legal com eles, acho que vai ganhar nota alta.

— Será? E as suas notas, quais são?

— O vovô Gregory é legal, mas não é meu amigo. A vovó Jennifer é legal, mas ela fica se arrumando o tempo todo, só quer fazer compras. A gente não tem assunto e, se eu falo do meu pai e da minha mãe, eles não gostam.

— Então eles não têm notas altas?

— Eu não sei. Não sei dar notas para eles, mas sei que eles não são como o vovô Roberto. Para ele eu dou nota dez. Eu amo o meu avô, eu não quero ficar longe dele. — Os olhos do menino se encheram de lágrimas. — Eu não quero ficar longe dele. Nas férias eu queria telefonar para ele e meus avós maternos não deixaram. Eu sentia muita falta dele, das histórias, da comida. E depois — chorando —, eu e o vovô fizemos um pacto de um cuidar do outro e eu tenho de olhar por ele.

— O amor, Daniel, não se compra com dinheiro. O amor se compra com carinho, doação e entrega de um para o outro. Amar é repartir a vida e o pão.

Bem, você é um menino especial, inteligente e sabe reconhecer que o amor é o bem mais maravilhoso do ser humano.

— Eu não entendi bem.

— Tem pessoas que vão entender. Mas também gostam de você. Como o vovô Roberto, os outros avós também amam você. Vou dar a minha sentença ao pedido feito. Você fica com o vovô Roberto e passa as férias, uma vez por ano, com seus outros avós, quer dizer, um mês por ano. E no futuro, você crescendo, se quiser pode passar mais dias com eles. Combinado?

— Vou ficar com o vovô Roberto? Que legal!! — Daniel deu um pulo, feliz da vida, mas depois voltou a sentar.

— Desculpe, senhor.

— A secretária vai levá-lo de volta.

Roberto chorou durante toda a audiência e Jennifer deixou escorrer as lágrimas. Não era de seu temperamento chorar. Apenas dor. Gregory olhou para Roberto e disse:

— Você venceu, mas ainda vou fazer com que esse menino goste de mim.

O advogado de Gregory olhou feio para o cliente e disse:

— Nós vamos recorrer.

— Não vamos, não. Já perdemos uma filha, não vamos perder o neto, brigando na justiça. Vamos brigar para tê-lo no coração. Quero combinar as visitas e as férias do meu neto. Acho que estaremos de acordo, não é, Roberto?

— Sem dúvida. Serão sempre bem-vindos e façam isso com todo o amor que puderem, porque, se eu morrer, Daniel precisará de vocês.

Saíram da sala e encontraram a secretária, que estava ali com Daniel.

O menino correu para Roberto. Abraçou-o demoradamente. O avô, olhando para o menino, disse:

— Agora, vá dar um abraço nos seus avós maternos. Convide-os para visitá-lo sempre que quiserem e estiverem aqui no Brasil.

O menino obedeceu e fez o que o avô havia dito. Gregory pegou o pacote e o deu a Daniel. O menino abriu: era um helicóptero. Olhou para Gregory e agradeceu:

— Obrigado vovô! Gostei muito e vou pedir para o vovô Roberto me ensinar a brincar com ele.

Gregory sorriu e olhou para Jennifer. Roberto ouviu quando ele falou:

— Igualzinho à Júlia...

Todos se despediram. Roberto pegou um táxi e foi para casa com o neto.

Enquanto caminhavam, em busca de condução, o advogado lhe disse:

— Logo que sair a papelada oficial eu aviso.

— Sem dúvida. Preciso acertar seus honorários. Obrigado pelo belíssimo trabalho que fez.

— Tenho pena do casal. O juiz tem razão: amor é o que o senhor demonstra. Os outros avós, infelizmente, estão acostumados a comprar o que desejam, mas nem sempre o que eles querem está à venda.

Naquela noite, depois do jantar, avô e neto falaram pela internet com Antônio, com Luiz e com Mike.

— Vovô, conta a história do gato azul?

— Você já está ficando muito grande, mas vamos lá.

Eles haviam comprado uma espécie de Kombi, que aliás estava bastante ruim de lataria, onde se lia Gatos Vira-Latas — Show Artístico. Tocavam, miavam, faziam números de variedades, dançavam e incluíam até malabarismo.

Poder-se-ia dizer que era um show de última classe. Eles sempre se apresentavam em verdadeiras espeluncas, onde havia gatinhas manhosas com gatos safados.

Bluzinho ficou horrorizado com o grupo, sem contar que fumavam muito, falavam muito palavrão e viviam atrás de gatinhas não muito primorosas.

Na primeira cidade onde pararam, o grupo já era conhecido. Ficaram lá dois dias. Apresentaram-se numa casa de terceira categoria, chamada Fifi Maison, cuja proprietária era uma gata angorá velha. Ela usava um batom bem vermelho e um laço de fita horroroso no pescoço, que ficava parecendo um enfeite de vaso antigo.

Fifi os recebeu com beijos e abraços. Ela, que no passado foi intérprete de Julieta, hoje não conseguiria fazer nem a bruxa do musical "O mágico de Oz". Fifi os acomodou num dos quartos que ficavam em cima do salão principal e avisou a hora do show.

Daniel adormeceu. Em silêncio, o avô saiu do quarto do menino. Naquela noite, Roberto entrou em seu quarto e agradeceu a Deus pela tutela do neto. Estava feliz com o resultado daquele período tão tenebroso que ameaçou tirá-lo de perto do menino. Agora era fazer com que os avós viessem para perto dele e ajudar Daniel a se aproximar dos avós. Sua índole e seu jeito de ser faziam dele um homem especial, um homem bom. Sua religiosidade, raramente percebida pelas pessoas que o cercavam, davam-lhe o dom de saber perdoar e entender a natureza humana. Acabara o tempo de reclamar de tudo e sentir-se a pior criatura do mundo. Daniel revigorava sua alma e lhe dava forças para viver.

Seu último pensamento foi para a casa da praia, onde Cláudio e depois Daniel brincaram e tanto se divertiram. Lá houve casamento, aniversários e festas. Ficaria a saudade de tantos bons momentos.

15. Primeira eucaristia

Logo que saiu a documentação da tutela de Daniel, Roberto travou uma luta muito grande para conseguir o dinheiro que devia para os trâmites da justiça, advogados, traduções juramentadas, reconhecimento do direito internacional, juiz brasileiro, juiz americano. Não conseguiu levantar todo o dinheiro. Sabia, desde o início do processo, que a única solução era vender a casa da praia.

Uma empresa norte-americana quis comprar o imóvel. Auxiliado pelo advogado, ele deu início à venda. O negócio foi efetuado e Roberto conseguiu pagar suas dívidas. Com a sobra do dinheiro, comprou um apartamento de frente para o mar, nas imediações da velha casa e guardou um pouco para as necessidades, já que todas as economias acabaram indo para o processo da tutela de Daniel.

O imóvel ficava no segundo andar de um prediozinho de quatro pavimentos, com uma sacada que servia à sala e a um dos quartos. Apesar de ter apenas 90 metros quadrados, possuía duas pequenas suítes, um quarto e um terceiro banheiro. A sala era dividida em estar e jantar. Havia uma cozinha americana, além de uma área de serviço. O bom é que possuía duas garagens. Roberto não podia nem pensar nisso, pois começava a se lembrar da imensidão do terreno e da enorme casa que vendera.

Na sacada, cabiam uma rede e duas cadeiras para o lazer.

Roberto achou que era melhor assim. Não valia a pena investir todo o dinheiro num apartamento de praia. A casa fora o sonho que acabara. Era triste, pois lá repousavam suas memórias. O importante agora era ter um local para onde Daniel pudesse ir nos fins de semana e nas férias em que ficaria no Brasil.

Bem, o principal era estar com o neto. Somente um dia, em que se sentiu muito bravo por ter vendido o imóvel em consequência da dívida, culpou o sr. Knight. Se o pai de Júlia não tivesse iniciado aquela briga judicial, a casa da praia ainda lhe pertenceria. Depois pediu perdão a Deus pelo pensamento.

No meio desse caos, porém, havia um acontecimento maravilhoso: Daniel faria sua primeira eucaristia. Antônio, como havia prometido, viria da Itália para a celebração.

Na hora da venda da casa da praia, Roberto pediu para entregá-la depois do evento. A empresa, depois de consultar os dirigentes, concordou. Ele queria celebrar as duas datas: a primeira eucaristia de Daniel e a entrega da casa para os novos proprietários. Segundo o que haviam informado os advogados, iriam construir um hotel ali.

A catequese de preparação para a primeira eucaristia de Daniel levara três anos. Antônio chegou da Itália. Roberto e Daniel foram buscá-lo no aeroporto. Houve uma empatia muito grande entre Antônio e Daniel. O menino adorou o tio-avô, que, de certa forma, era uma imagem mais próxima à de Cláudio.

Foi uma semana de uma alegria muito grande. Os Moran iam para todos os cantos mostrar a dom Antônio a cidade, os lugares, os passeios, os museus e tantas coisas. No fim da semana, domingo, como era de esperar, os convidados chegaram para a celebração da eucaristia. A casa da praia estava muito bem decorada. Era a grande despedida e tinha de ser feita com muito esmero.

Flores, uma tenda no meio do grande jardim, no fundo o mar bem azul. Um altar foi colocado sobre o gramado. A catequista e duas senhoras que faziam parte da comunidade decoraram o ambiente. O pessoal da igreja local levou o coral. Frei Matheus ajudou em tudo o que pôde.

Faltando apenas cinco minutos para o início da cerimônia, todos os convidados estavam lá. Os últimos a chegar foram os avós maternos de Daniel.

O menino vestia um terno branco e seu sorriso era o de um anjo. Estava muito feliz.

Os avós maternos cumprimentaram dom Antônio, que os esperou para iniciar a celebração. O casal sentou-se em duas cadeiras laterais, na frente.

A emoção tomou conta de todos. Foi uma cerimônia lindíssima. Antônio surpreendeu quase todos ao celebrar a missa em português. Apesar de alguns tropeços, com trechos em italiano e português, todos ficaram encantados com o carisma do padre.

Roberto não pôde evitar as lágrimas quando o menino comungou pela primeira vez. Seu sonho de ver o neto fazer a primeira eucaristia o sensibilizou demais.

Os avós maternos não demonstraram emoção. Aquela demonstração de religiosidade não tocava seus corações.

Quando a cerimônia acabou e todos se cumprimentaram, os Knight colocaram um cordão de ouro com uma cruz no pescoço do neto. O menino tirou o cordão e o levou para que o tio padre pudesse benzê-lo. Antônio o benzeu e só depois disso Daniel voltou a colocá-lo.

As pessoas da comunidade que ajudaram no preparo do almoço colocaram as mesas e transformaram rapidamente o local num restaurante à beira-mar. Os pratos logo começaram a ser servidos, bem como as bebidas.

Roberto atendia todos os convidados. Não se sentava. Então chegou perto de Gregory.

— Soube que vendeu a propriedade, sr. Roberto.

— Sim, foi necessário para pagar minhas dívidas. Sei que o senhor sabe de tudo.

— Se o senhor tivesse deixado o menino comigo, ainda teria essa casa, que, segundo ouvi, era a de que o senhor mais gostava.

— Na realidade, do que eu mais gosto é do nosso neto... Se esse foi o preço, foi barato, porque eu o amo muito.

— Este ano ele ficou muito feliz em Aspen. Estivemos também no Canadá. Vamos levá—lo para Paris nas próximas férias. Está de acordo?

— Sim, o que vocês e ele quiserem está bom para mim. Daniel me contou da viagem. Gostou muito dos passeios.

— O que vão construir aqui?

— Um hotel, creio. Foi o que falaram...

— Pena, um lugar tão lindo, e tão bem cuidado por anos, ser transformado num hotel... Isso deve ferir seu coração.

— Aqui todos foram felizes, principalmente a mãe de Daniel. Ela foi mais do que uma filha. Eu havia perdido minha esposa e Júlia me fazia companhia quando Cláudio precisava viajar. Tenho uma carta que ela me escreveu da Itália, quando estava em lua de mel, falando da cerimônia do casamento, realizada aqui. Foi lindo, lindo demais. Acho que vocês deveriam ler a carta. Se me permitirem, imprimo uma cópia e a entrego a vocês.

Jennifer pediu que Roberto fizesse isso e ele fez. Saiu do jardim e depois de uns dez minutos voltou com a carta de Júlia. Entregou-a a Jennifer, num envelope.

Fez seu prato, quando quase todos já haviam se servido, e foi sentar-se perto do irmão. Apesar da despedida da casa, estava radiante, com o coração tranquilo.

— Como está se sentindo agora? — Antônio perguntou. — Vi você chorando de emoção.

— Não poderia ser diferente, com meu neto recebendo a primeira eucaristia. Você, meu irmão, celebrando a santa missa, os amigos... Era como se todos estivessem aqui.

— Mas estão — disse o padre. — É a comunhão dos santos, aqui e no céu. Todos juntos.

— Sim, eu sei. Gostaria de vê-los, queria que estivessem ao nosso lado.

— Estavam, pode ter certeza. Júlia, Cláudio, Stella, papai, sua mãe, minha mãe, nossos avós e tanta gente mais... É sempre uma festa de todos.

— Sim, é. Eu, daqui, vejo o mar. Stella queria que eu jogasse suas cinzas no oceano. Na verdade eu, muito egoísta, não fiz isso. Amanhã vamos ao cemitério e lhe contarei tudo.

— Está bem.

Um pouco depois, o sr. Knight apareceu e conversou com Antônio. Com o passar das horas, a maioria das pessoas foi se despedindo.

Enquanto desmontavam tudo, Roberto afastou-se, sozinho, e foi até o local mais próximo do mar, sua prainha. Ajoelhou e agradeceu a Deus pelos anos em que lá esteve. Quando levantou a cabeça, viu o sr. Knight dando-lhe a mão. Para não ser indelicado, aceitou a ajuda para se levantar.

— Obrigado — disse Roberto. — Estou agradecendo a Deus por tudo.

— Sua religiosidade me fascina. Você perde a casa que tanto ama e ainda agradece a Deus!

— Agradeço os momentos que tive aqui.

— Seria tão simples permanecer com esse pedaço do céu... Poderia ter-me pedido um empréstimo, como nosso neto fez.

— Ah, desculpe-me por ele. Não mentimos e falamos sem nos preocupar com as paredes. Ele ouviu a história, perguntou e eu contei tudo. Quando estávamos no avião, voltando para o Brasil, Daniel me falou que havia lhe pedido um empréstimo.

— É. Eu o achei inteligente demais, queria me pagar quando tivesse 21 anos. Foi muito honesto, decidido, não queria que o senhor perdesse a casa.

— Na verdade, a casa seria dele. Mas foi bom. Com o dinheiro da venda, paguei tudo, comprei, segundo o gosto dele, um pequeno apartamento aqui nas proximidades. O restante dará para pagar uma parte do estudo dele. Para isso eu tenho condições, mas não sei o futuro. Tenho certa idade e ele é uma criança de dez anos.

— Foi uma decisão sua, mas... por que não me pediu um empréstimo? Afinal, a propriedade, no futuro, seria do *nosso* neto.

— Sr. Knight, desde que entrou aqui está tentando me humilhar em relação a esse imóvel.

— Não estou querendo humilhá-lo. Apenas fico pensando que o senhor foi diretor de uma empresa e, de todo o trabalho que teve, restou-lhe apenas a casa em que mora, uma casa na praia que acabou de vender e uma aposentadoria que não lhe permite grandes voos. Sabe que é pouca coisa. Você fala diversos idiomas, fez curso superior, uma especialização na área. Se tivesse trabalhado comigo, na sua posição, teria tido um futuro melhor.

— Acabou? Tem mais alguma coisa que queira me dizer, sr. Knight?

— O pequeno Davi acertou Golias, primeira parte.

— O pequeno Davi não queria brigar com Golias, nem mesmo acertá-lo com uma pedrinha de brilhante. Ele queria apenas caminhar na prainha com seu netinho, mas Golias apareceu e impediu isso. Ele o derrubou, mas não o humilhou, porque Golias era tão grande que de certa forma ocupou toda a praia. Então Davi precisou mudar de lugar.

— Quando eu era criança, na escola líamos um livro chamado *Pollyana*. Era uma menina que, mesmo nas maiores desgraças, achava que tudo estava bom, porque poderia ser pior. O senhor me parece desse tipo. Vejo um complexo de Pollyana no senhor e juro que não gosto.

— Peço desculpas se o senhor não gosta de mim como sou. Estou longe de ser Pollyana. Infelizmente terei de conviver com o senhor porque temos um neto em comum e porque amei sua filha como se fosse minha própria filha. Vai ler o que Júlia escreveu e entenderá que aquilo que ela mais sentiu no casamento foi a falta do pai e da mãe. O senhor não entendeu que seu dinheiro não valia nada diante da felicidade dela. Foi justamente por meu amor pelos três que Davi jogou a pedra e, com muita tristeza derrubou o gigante, o magnata. Colocou por terra o homem que é capa de revistas e jornais, e que a sociedade americana conhece tão bem. Trocou uma filha por uma fusão de empresas. Eu troquei um neto por essa casa. Seja meu amigo, sr. Knight, para não trocarmos farpas.

— Nunca serei seu amigo, sr. Roberto. Em breve Daniel conhecerá a riqueza e o poder, o status, e virá para mim. No momento ainda não sabe o que é ser neto de um Knight. A fase do vovozinho passa. Posso dar a ele o mundo. E o senhor, o que poderá dar, além de seu amor incondicional? Absolutamente nada. Nem essa propriedade, que já não é sua.

Antônio viu que, pelas feições dos dois, a conversa não estava nada boa. Aproximou-se e iniciou uma série de perguntas. Olhou para Roberto e fez-lhe um sinal para que saísse. Queria ficar sozinho com o sr. Knight.

O celular tocou. Era Luiz, querendo, mesmo de longe, dizer ao amigo que estava feliz pela primeira eucaristia do neto. Disse ainda a Roberto que lembrasse a casa como lembrava os entes queridos que se foram, com o mesmo carinho, com o mesmo amor.

Antônio olhou para o irmão. Chamaram Daniel, que ainda procurava algumas coisas na casa. Depois, com tudo que era necessário já no carro, fecharam a casa, o portão e saíram.

No dia seguinte, Roberto e Antônio foram até o cemitério. Trocaram ideias e tudo o que estava no coração do irmão mais velho foi depositado no coração do irmão mais novo. Confidências e inclusive alguns pedidos, caso ele não conseguisse cuidar do neto como era seu desejo.

Alguns dias depois Antônio voltou para a Itália. Daniel continuava seus estudos e Roberto se dividia entre educar o neto e cuidar da própria vida.

16. Os desafios da adolescência

Chovia muito. Foi difícil chegar ao aeroporto para pegar Daniel. O que normalmente levava quarenta minutos daquela vez levou mais de duas horas. O rapaz recebeu o avô sem os abraços de antigamente.

— Poxa, vô, estou esperando faz quase uma hora!

— Desculpe — disse Roberto. — Você não faz ideia de como o trânsito está complicado. Ontem houve alagamento na cidade, e hoje a coisa ficou ruim mesmo.

— Por que não saiu mais cedo?

— Saí às cinco horas da manhã. São 7h15. O avião chegou às 6h30. Desculpe.

— Paciência, vô. Sim, é preciso ter paciência com você. Onde ficou o carro?

— Está na ala C do aeroporto.

— Na ala C... Vamos ter de andar com o carrinho até lá?

— Sim, vamos. Quer que eu ajude?

— Você não pode com esse carrinho. Trouxe seis malas, paguei uma nota de peso extra.

— Seu avô rico pagou, não você.

— É, claro que pagou. Apesar de pão-duro como é, de vez em quando tem uns repentes de dar alguma coisa.

— E só dá alguma coisa se você der outra em troca.

— Ando pensando nas propostas dele.

— Espero que sejam boas propostas. De outras eu já tenho o resultado.

— Só porque eu quebrei a perna no ano passado?

— Sim, foram três meses de fisioterapia.

Entraram no carro após colocar todas as malas, sacolas e mais algumas compras do *duty free*. Roberto começou o caminho para casa.

— Como foi sua viagem?

— Foi muito boa, mas as aulas começam amanhã, não é? Se eu quero ser médico não posso deixar de ser bom aluno, como diz você. Apesar de o avô rico achar que eu devo estudar em Harvard, só porque ele estudou lá, e fazer administração de empresas para trabalhar para ele. Uma ova!

— Vejo que está começando a se entender com seu avô.

— Sabe o que me irrita em você, vovô? Que nunca fala o que pensa. Sei que tem vontade de mandar todos para aquele lugar, mas não manda.

— Não vai adiantar nada.

— E como fazemos com o carro?

— Como? Não entendi.

— Eu preciso dirigir e ir para a escola. No ano que vem vou prestar vestibular para medicina. Acha que fica bem você me levar todo dia e ir me buscar? Não acha que já estou bem grandinho? Olhe meu tamanho, vovô. Estou um pouquinho mais alto que você.

— Dizem que o homem cresce até os 21 anos. Não sei se é verdade, mas acho que você vai chegar a 1,85 metro. Não vai crescer muito mais do que isso.

— Pode ser, mas como é?

— Aqui não é nos Estados Unidos. Lá você tira carta com 16 anos, que acabou de fazer. Teve festa?

— Sim, teve. O pão-duro do vovô rico me deu um carro usado, que ele não queria mais, mas para usar somente lá. Tirei a carteira de motorista, fiz o exame direitinho. Mas... e aqui?

— Aqui a lei diz que as pessoas só podem dirigir veículos com 18 anos.

Você tem duas possibilidades: ou vai de ônibus e metrô ou eu o levo, como sempre. Quando fizer 18 anos vou lhe dar um carro novo, zerinho. Não vou dar esse velhinho, não.

— Vou entrar na faculdade o ano que vem, você vai ver. Como ir para lá de ônibus e metrô? E se eu não passar em São Paulo?

— Tudo tem sua hora. Você terá de esperar os dezoito anos, como todo mundo espera. Acabou de fazer dezesseis anos.

— É, mas daqui a pouco entrarei na maioridade e não precisarei mais mostrar essas cartinhas de autorização. Com meu tamanho, paguei o mico de ouvir o comissário de bordo perguntar se eu estava com a autorização para viajar sozinho...

— Era obrigação dele. Você viajou dessa vez sem um acompanhante legal. Seu avô deixou você viajar assim.

— O ano passado, quando fiz quinze anos, ouvi você dizer a meu avô rico que a vida era uma viagem e que ele viaja de primeira classe, enquanto você vai de econômica. Lembra que disse que ele comia *fois grais*, caviar e tomava champanhe e você comia patê de queijo com guaraná, mas que no final da viagem todos chegavam juntos?

— O que isso tem a ver?

— Ele usou sua ideia e fez um comercial para as empresas dele. No comercial, o povo comum anda de classe econômica e come patezinho. Na primeira classe todo mundo é chique e come essas besteiras todas. Daí vem escrito que todos podem mudar para a primeira classe. Basta voar com Knight, a empresa dos sonhos. Pode?

— Agora ele também tem uma empresa de avião?

— Tem.

— Pelo que vejo você está se dando muito bem com seu avô.

— Ele perguntou se eu queria estudar em Harvard. Se eu fizer administração, ele diz que me dá o que eu quiser.

— E você, do jeito que mudou nesses dois anos, quer o quê? Só pensa em roupas, grifes, esqui e viagens. Veja as malas que trouxe.

— Eles me dão tudo isso. A vovó Jennifer continua cada vez mais consumista, quer comprar tudo. Eu saio com ela algumas vezes e compro o que quero.

— Você não acha isso sem-vergonhice da sua parte? Ela não sabe o que fazer com o neto e você a obriga a pagar tudo?

— Ela somente quer me mostrar para as amigas, tipo olha como ele é bonito, fala vários idiomas, está participando de competição em esqui e por aí vai. O avô rico diz que posso até ser médico, mas apenas porque essa é a minha vontade. Se eu quiser a grana dele, tenho de ser administrador também.

— Pelo menos ele deixa você ser médico... — comentou Roberto, bem irônico.

— Deixa. Eu vou ser médico. Vou entrar na faculdade.

— Espero que sim. Você anda mudado desde o ano passado. Está muito diferente. Cada vez que volta de lá, eu me aborreço. Não parece o mesmo menino que eu tanto amo.

— É que você está ficando mais velho e mais ranzinza. Tudo não pode, tudo é perigoso... Que chateação!

— E continuo falando, Daniel. Quero que você se cuide, sempre. Já falei sobre sexo várias vezes.

— Ah, de novo? Já falou mil vezes.

— Lembre-se que eu o peguei vendo filmes pornográficos, no ano passado.

— Todo mundo vê.

— Seus comportamentos não têm sentido.

— Foi curiosidade.

— O amor é diferente do sexo. Aquelas besteiras de filmes pornográficos... É aquela coisa de sempre, sem amor, sexo puro como animal. Quero muito que um dia você tenha uma namorada e que sinta a importância do amor.

— Eu quero uma menina certa, legal. Não quero essas que ficam com todos.

— Acho que falei demais sobre isso. Quando você entrar nessa fase, deve se lembrar do que eu disse.

— Impossível esquecer, pois você fala a mesma coisa mil vezes.

— Correto, não vou falar mais.

— Tá bom, vô. O carro, esqueceu?

— Prometi para você um carro zero aos dezoito anos. Vou cumprir.

— Eu não perguntei. E o tio Luiz, como está?

— Muito mal, no fim da vida... estive em Porto Alegre, voltei arrasado, operou, fez quimioterapia, radioterapia... Aquele homem forte está um palito.

— Coitado. Ele é mais velho do que você, não é?

— Sim. Um pouquinho mais.

— Até que enfim chegamos!

Descarregaram as malas. Daniel foi para o quarto dele e Roberto para a cozinha. Almoçaram juntos mais tarde. Depois, Daniel resolveu sair.

— Por que não descansa? Podemos conversar? — perguntou Roberto.

— Depois a gente conversa. Preciso ir à casa do Carlão.

— O que tanto você vai à casa do Carlão? Qual o segredo dessa amizade estranha?

— Nós vamos dar umas voltas por aí.

— Que não seja droga, pelo amor de Deus!

— Que droga, vovô?

— Sua vida é mais importante do que qualquer coisa. Não comece a usar drogas, pois se viciar nunca mais conseguirá parar.

— Tá bom, vô. Depois a gente conversa. Tchau.

O período da adolescência de Daniel e a idade mais avançada de Roberto, chegando aos 75 anos, trazia tumulto aos dois. O avô se preocupava muito. Aquele era o período da atenção, de vigiar sem perceber, de ensinar e dar conselhos.

Foi até o quarto de Daniel para ver se estava arrumado. Começou colocando as malas em ordem, levando-as para o outro quarto. Viu muitas roupas, algumas mal dobradas. Arrumou-as, colocou-as no armário e nas gavetas. Viu que estava tudo muito cheio. Pegou as roupas velhas e levou-as para o outro dormitório. Reparou que o quarto de hóspedes tinha virado um segundo quarto de Daniel.

Finalmente, colocou tudo em ordem e por fim vasculhou para ver se encontrava alguma droga. Encontrou dois cigarros de maconha.

Sentiu o mundo desmoronar. Pegou os dois cigarros e foi para a sala.

Ficou imensamente triste. Chorou. Devia estar fazendo tudo errado, uma vez que seu menino tinha levado para casa dois cigarros de maconha. Na certa as mudanças no comportamento do neto deviam-se a isso. Ele se transformara num "aborrecente" também por causa da droga. E agora? Como encarar o problema?

Foi até seu armário, no escritório, e abriu uma porta que estava trancada. Era ali que guardava seus documentos. Ali também estava o notebook de Júlia, no qual havia um diário que ela começou a escrever quando Daniel nasceu. Quando trouxe o notebook, pensava apenas em copiar as fotos da família que ela colocara ali. Não pôde evitar e leu o diário que ela escreveu. Chorou inúmeras vezes, pelos sonhos que ela acalentou para o filho, pela felicidade que teve ao lado de Cláudio e pelas palavras sempre carinhosas e amorosas que falava quando se referia ao sogro.

Ligou o notebook, que já era bem antigo. Há anos salvara o arquivo num HD externo, mas sentiu que o momento era de ver o antigo aparelho funcionando. Abriu o diário e ficou ali, lendo e relendo as memórias de Júlia.

Daniel chegou e olhou para o avô. Viu os dois cigarros de maconha e foi explicar. Roberto pediu-lhe que sentasse.

Daniel se acomodou na cadeira em frente ao avô, dessa vez sem a petulância que adquirira nos últimos meses.

— Por favor, escute-me. Guardei o notebook de sua mãe. Ficou comigo quando ela morreu. Eu queria apenas copiar as fotos que ela colocava aqui. Foi assim que descobri um diário que ela começou a escrever quando você nasceu. Eu me recordo de ouvi-la falar que um dia você saberia de toda a sua vida por meio do diário.

— Eu não sabia disso.

— Ninguém sabe. Eu o guardei aqui no escritório. Tinha decidido dar-lhe quando você fizesse dezoito anos. Na verdade o mundo mudou muito e hoje, aos dezesseis anos, é como se os jovens tivessem dezoito. Vou ler apenas uma data e depois você leia o que quiser. Ela escreveu quando você fez seis anos, depois da festa que lhe deram. Foi a última da vida deles.

Daniel ficou muito sério e seu semblante fez recordar o de quando ele era um menino.

Roberto começou a ler:

    Meu menino lindo, hoje você fez seis anos. Foi uma festa muito bonita. Você, meu filho, estava transbordando de felicidade, com esse sorriso que me torna a mãe mais feliz do mundo. Está na hora de eu lhe dar um irmãozinho ou uma irmãzinha, eu e seu pai vamos começar a pensar nisso. Vendo tantas crianças e nós aqui sem mais ninguém... Precisamos ter mais alegria nessa casa. Fico imaginando... quando você tiver dezoito anos, vai ser um moço alto, bonito, com cabelo escuro e com olhos azuis. Vai encantar todos os que estiverem à sua volta. O cabelo do papai e os olhos da mamãe... viu como nós fizemos você bonito? Acho que com dezoito anos você deverá estar entrando na faculdade. É um palpite de mãe. Acho que será médico, seu pai acha que será engenheiro. Eu o vejo salvando vidas, num hospital, atendendo as pessoas, cuidando delas com muito carinho, como quando eu fiquei doente. Recorda? Eu peguei dengue naquela viagem e você não saía de perto de mim. Todo instante queria me dar água, segurava minha mão. Dizia o tempo todo que gostava de mim. Não importa o que você vai ser, seja o que quiser, espero que eu saiba cuidar direitinho de você, para afastá-lo das drogas que tanto mal fazem aos jovens. Quero, meu filho, que nunca experimente essas coisas, que cresça e estude muito e que seja digno de todos que o amam. Quero vê-lo sadio, forte, feliz. Um dia vai me trazer a namorada e eu vou gostar dela porque ela vai lhe fazer feliz, como seu pai me faz feliz. Meu filho, você completou apenas seis anos e eu não sei porque hoje penso em você no futuro. Nunca decepcione seu pai, o vovô Roberto e eu, continue a ser o que você é, esse anjo; meu anjo Daniel.

— Vovô, eu...

— Não precisa dizer nada. Pegue este notebook e leia. Acho que Júlia merece que o filho tão amado seja como ela sonhou. Deus não lhe deu a possibilidade de ser educado por essa criatura tão digna, tão maravilhosa, que Ele levou com seu pai, que era outra alma encantada. Se depois que ler o que sua mãe sonhou você achar que esse velho avô não é o que quer, que o outro pode dar-lhe tudo na vida, então, meu filho, vá morar com ele nos Estados Unidos. Lá também tem droga e muito dinheiro, embora haja menos amor. Sua mãe preferiu a vida simples que seu pai tinha para lhe dar do que aquilo que seu avô rico oferecia. Faça sua escolha.

Roberto saiu do escritório e deixou Daniel lá, com o notebook da mãe. Foi para seu quarto e rezou para que Deus iluminasse o neto. Tinha sido um ano muito tempestuoso entre os dois, e não era para menos. Sempre que Daniel ia para os Estados Unidos, passar as férias com os avós maternos, voltava com dezenas de presentes. Lá usufruía de toda a mordomia a que eles estavam acostumados, entre viagens e passeios. Um mundo fútil, que acabaria levando-o às drogas e a abandonar os estudos, numa vida sem objetivos.

Todos os sonhos de dar-lhe uma boa educação e prepará-lo para a vida pareciam ter ruído de repente. Daniel era igual a quase todos os adolescentes. E agora? Que fazer?

Ultimamente Roberto não vinha se sentindo bem. Precisava consultar um médico e fazer seu *check-up* novamente. A pressão oscilava bastante. Tomava os medicamentos, mas sabia que a idade era a responsável por isso. Mesmo assim lutava bravamente para levar adiante seu projeto de educar o menino até a fase adulta. Como Cláudio teve uma adolescência muito tranquila, no fundo achou que seria igual com Daniel, mas o rapaz mudara muito.

Repentinamente começou a sentir um mal-estar e a suar frio. Pensou que os sintomas passariam, mas isso não aconteceu. Decidiu não esperar mais e chamou Daniel.

— Que foi, vô?

— Chame um táxi e me leve para o hospital. Eu não estou me sentindo bem.

— Eu vou chamar o seu Francisco, o vizinho.

— Depois pode chamá-lo, mas chame o táxi primeiro.

Daniel ligou para o serviço de táxi e em seguida ajudou Roberto a ir até a porta. Entraram e rumaram para o hospital.

Roberto foi imediatamente atendido. Daniel ficou na recepção, preenchendo a papelada. Depois pediu notícias do avô, mas mandaram-no esperar.

Roberto relatou ao médico o que sentia e o submeteram a um eletrocardiograma. Tiraram sangue para os exames de praxe. Foi medicado e deixaram o neto entrar.

— Vovô, como você está?

— Agora estou bem.

O médico, que se encontrava ali, olhou para o rapaz:

— Cuide bem do seu avô. Ele vai precisar de um *check-up* bem feitinho. Vamos liberá-lo, mas vai procurar um cardiologista amanhã. — Virou-se para Roberto. — Marque os exames. E vá tomando a medicamentação até que o cardiologista decida o que fazer.

— Está bem.

Pegaram um táxi na frente do pronto-socorro e voltaram para casa já de madrugada.

— Vô, vá deitar.

— Sim, eu vou, pois me deram muitos remédios. Estou precisando dormir. Coloque o despertador do celular para você. Se eu perder hora, você me chama para levá-lo à escola.

— Está bem. Quer que eu fique com você?

— Não, pode ir dormir. Você tem aula cedo.

— É o primeiro dia. Se eu perder um dia nada acontece. Você não vai me levar amanhã cedo, vai ficar deitado.

— Se eu tiver que ficar deitado, você vai de táxi, certo? Vamos dormir agora.

— Eu queria lhe falar.

— Diga.

— Amanhã eu falo. Durma bem.

No dia seguinte, Roberto não se sentia bem quando se levantou. Fez o café, mesmo com muita fraqueza, e chamou o Daniel. Depois pegou o dinheiro do táxi e o deu para o neto.

Voltou para a cama e dormiu até o meio-dia. Acordou se sentindo melhor. Comeu alguma coisa, tomou os medicamentos que trouxera do pronto-socorro, fez alguns telefonemas e marcou os exames.

Mais tarde foi buscar Daniel na escola. O rapaz quis saber como ele se sentia.

— Estou bem, filho. Até marquei os exames.

— Vou com você fazer os exames.

— O César, o vizinho novo que anda de manhã comigo até o parque, se aposentou e está à toa. Vou pedir para ele me acompanhar, assim terá o que fazer.

— Se ele for, é bom para você. Eu sempre disse que você precisa de amigos, vovô.

— Você sempre teve amigos, eu sempre tive poucos amigos, acho que não sei cativar a amizade. Deve ser isso.

— Acho que não, vovô. É questão de temperamento!

— Bem, fiz um bom jantar hoje. Você vai ver. Fiz até sobremesa, e olhe que levantei tarde!

— Que bom!

À noite, caiu uma chuva muito forte e Daniel olhou para o avô:

— Lembra quando eu tinha medo de chuva e ia dormir na cama com você?

— Sim, sua inocência era enorme.

— Pensei em tudo o que você falou ontem e me senti a pior criatura do mundo. Faz um tempo que não sou mais eu. Mudei para pior com a adolescência, me tornei um chato, um mal-educado, principalmente com você, que eu amo tanto. Ontem tive muito medo que você sofresse um infarto e morresse.

— Acho que sou mais forte do que imagino.

— Não quero que você morra.

Abraçou o avô, chorou e pediu perdão. Era um pedido que vinha do fundo do coração. Recordou, durante o dia todo, aquele avô carinhoso que tudo fez por ele. Não era gratidão, era algo maior. Havia desapontado o avô nos últimos tempos. Tinha experimentado até maconha na viagem e isso tudo estava errado. Tinha que voltar ao normal, tinha que ser novamente aquele alguém que queria ser médico. Esse era seu maior objetivo na vida.

Ao ler o que sua mãe escrevera chorou inúmeras vezes porque, naquele momento, sentiu não ser mais um bom menino. Era apenas um menino educado. Era o menino que sofreu muito e que, em vez de continuar aprendendo, estava se corrompendo.

Quando se encontrava nos Estados Unidos, com os amigos americanos de sua idade, sentia-se um deles, no meio de tanto dinheiro e de tanta falta de amor. Os pais os deixavam viver e sair por aí. Aos poucos começou a fumar maconha. Nas últimas férias experimentara a droga e, se não fosse o velho avô, começaria um caminho do qual nunca mais voltaria.

Ficou um mês nesse caminho. Por sorte, devido a uma série de fatores, não chegou a viciar, mas faltou pouco. Desabafou tudo com o velho avô e jurou que não voltaria mais a usar droga nenhuma. Prometeu sinceramente que aquela experiência tinha sido a única em sua vida.

— Posso pedir uma coisa para você, Daniel?

— Sim, vovô, pode.

— Faça algumas sessões com seu antigo terapeuta. Vai ter alguém com quem conversar, abrir-se, dizer o que sente. Nem sempre as pessoas que estão ao nosso lado podem nos ajudar.

— Vou fazer isso. Quero voltar a ser quem sempre fui, quero ser médico, não um viciado.

Na mesma semana, Daniel retornou ao terapeuta. A vida continuou para os dois. A rotina que o levaria a ingressar na faculdade voltara e restabelecera a ordem. No fundo, a triste experiência resultou num rapaz mais fortalecido e mais adulto.

Uma noite, ele chegou mais tarde do que costumava chegar. Roberto estava lendo. Daniel passou por ele e disse em seu ouvido:

— Aconteceu algo excepcional...

Roberto sorriu. Seu menino agora era um adulto e cheio de amor. A fase ruim havia passado. Foram dois anos de uma adolescência conturbada, talvez justificada pela falta dos pais e pelos avós, que de uma parte dava amor demais e dinheiro de menos e do outro dinheiro demais e amor de menos.

A saúde de Roberto oscilava um pouco. Os exames mostraram um problema coronariano e ele tomava seus medicamentos. Em alguns dias se sentia muito fraco, mas em outros se sentia muito bem.

17. Grandes momentos

Apesar dos problemas cardiológicos, dos remédios e das dietas, Roberto continuava com sua agilidade e seu dinamismo em tudo o que se referia ao neto. Não media esforços para fazer de cada data um marco na vida do rapaz.

Resolveu fazer uma festa para comemorar algumas coisas muito importantes. Convidou os amigos que apareciam tão pouco em sua vida, os pais dos amigos de Daniel durante os anos em que estudaram juntos, os avós maternos e o irmão Antônio, que voltava depois de muitos anos para vê-los.

Era uma noite especial e Roberto alugou um salão num bufê muito agradável. Havia boa comida e música suave. Fez, com a ajuda de um profissional, um filme de quinze minutos sobre o neto, com fotos e trechos de vídeos. Esperava que fosse agradar Daniel quando exibido no telão.

Como sempre, os Knight foram os últimos a chegar, depois de servido o coquetel. Antes de o jantar começar, Roberto fez um breve discurso sobre o evento:

— Hoje é uma data muito especial para Daniel. Ele completa 18 anos, maioridade... finalmente, não é? Faz um ano que reclama que quer dirigir, e agora ganhou um carrinho. Essa semana vai tirar a carteira de habilitação e assim poderá ir para a faculdade de medicina, pois passou no vestibular. Para minha alegria, a faculdade é de São Paulo, e o terceiro lugar que Daniel conseguiu mostra que ele estudou muito para chegar até aqui. Quero agradecer a presença de algumas pessoas que vieram de longe para estar conosco e que fazem parte da vida de meu neto. Meu querido irmão, padre Antônio, veio da Itália. Obrigado Márcia e Lucas, filha e neto do meu inesquecível amigo Luiz, que está com Deus, e que vieram de Porto Alegre. Estamos felizes com a presença dos avós maternos de Daniel, sr. e sra. Knight, que vieram de Boston. Obrigado, queridos Mike e Sarah, de Summit. Vamos aplaudir e acolher esses amigos maravilhosos e a todos que estão aqui.

Em seguida foi servido o jantar. Não eram muitos convidados, mas um número razoável, que se justificava pelo grande momento.

Roberto estava feliz. Um pouco mais magro, pela dieta que seguia, mas educado e elegante como sempre. Sentou-se à mesa reservada para todos eles. Gregory conversava com Mike e Sarah, Jennifer com Márcia, Roberto com Antônio. Os rapazes saíram logo daquela mesa e se juntaram aos demais.

— Está feliz agora?

— Muito, Antônio. Rezei para esse dia chegar. Nem acredito que tudo deu certo.

— Não foi fácil, não é?

— Ele é um bom rapaz. Claro que tivemos momentos difíceis, mas hoje, vendo-o entrar na universidade, com tudo o que passou na vida, sem os pais por perto... Tenho muito orgulho dele.

— Ele teve você. Isso foi importante. Isso fez a diferença.

— Talvez sim, ninguém pode saber direito. Acredito que ele será um bom médico. Bem, ainda temos pela frente oito anos de estudos. O mais interessante é que ele domina o alemão, o inglês, o francês, o português e até o espanhol. Tem uma facilidade impressionante para aprender línguas. Outro dia me disse que quando puder vai aprender italiano. Já comprei uma série de DVDs e CDs para ele. Na próxima vez, você vai se surpreender. Acredite, ele deverá estar falando sua língua.

— Daniel é muito inteligente e maduro para a idade.

Antônio perguntou ao sr. Knight se estava satisfeito em ver o neto entrar na faculdade de medicina e ele respondeu:

— Eu preferia que ele estudasse administração de empresas em Harvard. Que futuro terá um médico no Brasil?

— Bem, acredito que todas as profissões são especiais, mas depende de cada um fazer a diferença — disse o padre.

— Minha esperança é que ele, no futuro, resolva ser administrador. Isso é mais importante do que cuidar de crianças nas favelas.

Jennifer ouviu o final da conversa e, para disfarçar a deselegante resposta do marido, virou para todos e disse:

— O importante é que Daniel seja feliz. Por isso estamos aqui e vamos apoiá-lo nesse momento, em que entrou na universidade. Não é, Greg?

Ele percebeu que a alfinetada tinha sido um pouco além do que deveria e, para não perder o status que achava que tinha, concordou com um gesto de cabeça.

Antônio, percebendo o mal-estar, mudou de assunto e comentou sobre a Europa. A conversa girou sobre o mosteiro, o terremoto, suas atividades como docente em Roma. Finalmente Roberto voltou e salvou o irmão de tantas perguntas.

Antes de Daniel apagar as velinhas, o vídeo foi apresentado. Ficou muito bonito. O avô caprichara na seleção de fotos, principalmente dos pais dele. Os avós e os amigos apareciam também. No final, todos aplaudiram e Daniel, que havia se tornado bem mais durão nos últimos anos, não resistiu e chorou no ombro do velho avô, mas foi coisa rápida.

Pediram-lhe que fizesse um discurso. A timidez o invadiu, mas saiu alguma coisa:

— Quero agradecer a todos, em especial meu tio Antônio, que é muito legal mesmo. Ele me dá muitos conselhos pela internet, é meu padre, meu psicólogo e meu amigo. Agradeço meus três avós e todos vocês que aqui estão. Muito, muito obrigado.

Palmas, bolo, refrigerante, vinho para os adultos e cerveja para os jovens, sem ninguém exagerar. Assim pediu Roberto aos rapazes.

No final, ficaram os convidados de sempre. E novamente Gregory alfinetou Roberto:

— Qual o carro que você lhe deu?

— Um carro simples, bem simples. Bem de acordo com minha classe social, lembra?

— Claro. Eu daria uma Ferrari se ele quisesse, mas teria de estudar em Harvard.

— Estudar administração — concluiu Roberto. — Ele decidiu ser médico no dia em que caiu da bicicleta. Ficou encantado com o médico e com o hospital. O resultado está aqui.

— É pena termos somente um neto — disse o avô materno.

— Sim, seria muito bom termos meia dúzia. Seremos pacientes dele. Aliás, você, eu creio, pois não estarei aqui quando ele se formar — retrucou o avô paterno.

— Estará sim, cada vez mais chato e mais velho. — Gregory deu uma risada.

— São mais oito anos e meu coração não vai aguentar. Não sei como aguentou o vestibular, pois sofri mais do que Daniel. Esse menino estudou não sei quantas horas por dia, sem sábado e sem domingo. Mereceu entrar em medicina. E ainda ficou zangado porque não pegou o primeiro lugar, mas o terceiro foi fantástico.

— Ele puxou o avô materno, um homem inteligente.

— Sem dúvida, meu caro, inteligente e modesto. Pena que não somos amigos, como disse você. Jamais poderia ser meu amigo porque eu não sou tão inteligente.

— Mas até que estamos conseguindo nos aturar nesses anos todos, não é? Ainda sente saudade da casa da praia?

— De novo? Daniel vai muito pouco ao apartamentinho que comprei para ele. Não foi o ano passado inteiro, devido aos estudos para o vestibular. Ter ficado sem meu oásis não me matou...

— O que fizeram no lugar?

— Disseram que iam construir um hotel, mas não sei. Devem ter esbarrado em alguma coisa na lei. Sei que há um caseiro lá, cuidando do lugar.

— Vai ver que a empresa não quis fazer nada. Vai esperar para mais tarde.

— Deixemos esse assunto de lado, pois não fico especulando. Na ocasião, foi triste perder aquele lugar, mas por outro lado foi bom, porque paguei minhas dívidas. Por sua causa. Esse assunto me cansa muito. Deus sabe o que eu passei com meu neto quando ele voltou da sua casa, há dois anos.

— Já falamos sobre isso. Eu não tinha ideia do que os amigos dele faziam, e ele fez porque quis.

— É a influência do meio, o *status* de que você gosta tanto. Aqui ele não tem nada disso. Graças ao bom Pai, tudo ficou somente na experiência.

— Antes assim.

— Como vê, nossos mundos são muito diferentes. Eu ainda prefiro essa vidinha medíocre, como você diz, do que seus bilhões e as drogas que vêm com eles.

— Hoje sua língua está afiada demais, meu caro.

— Não, hoje decidi beber vinho de alegria e, quando bebo, falo mais do que devo. E peço desculpas antecipadas se eu falar mais alguma coisa de que não goste, sr. Knight. Bem, melhor eu deixá-lo agora.

— Já estou me despedindo, viajei dez horas para essa festinha — comentou o outro, ironizando a reunião.

— Nunca me convidou para uma festinha em sua mansão de Boston. Aliás, nem me convidou para entrar naquele dia, e estava um frio do cão. Suas festinhas devem ser maravilhosas, iguarias fantásticas, pratos de porcelana chinesa, talheres de ouro, mas certamente tudo impessoal, sem vida e sem alma. Com licença, preciso acertar alguns detalhes com o bufê. Por Daniel, o sr. e a sra. Knight fizeram um sacrifício, como outros na vida, mas ele é parte de vocês.

Saiu meio irritado, porque teve consciência de que dissera mais do que deveria. Não era apenas efeito do vinho, era um pouco de raiva, porque Gregory sempre o provocava. Na verdade, somente podia cutucá-lo numa única coisa: a disparidade financeira entre ambos. Roberto tinha ciência de sua vida simples, mas Gregory gostava de humilhá-lo. Sabia que Daniel adorava o avô brasileiro, algo que não conseguira mudar em todos aqueles anos.

Havia entre Antônio e Daniel um carinho muito grande. Sempre que podiam falavam pela internet, e o tio ia direto na alma do sobrinho-neto, direcionando-o de maneira simples e objetiva na vida. Ele fazia o papel de pai, pois o de avô já era exercido de maneira exagerada pelo *nono*. Daniel sabia, no entanto, que o coração de Roberto ainda batia porque ele estava por perto.

Quando Antônio retornou para Roma e depois para a Sicília, a casa ficou triste. O padre tinha um humor maravilhoso e sua presença iluminava tanto o avô quanto o neto.

As aulas de medicina começaram e Daniel praticamente desaparecia. Havia dias em que o avô levantava e o estudante já tinha saído. Tirando um ou outro sábado, o que era muito raro, Daniel saía com alguns amigos para ir a festas e dançar. Os demais fins de semana eram dedicados a um estudo incansável.

O primeiro ano foi exatamente assim, e Daniel não reclamava. Estudava com alegria e tinha imenso desejo de aprender cada vez mais. Roberto continuava sua rotina. Aos domingos ia à missa e Daniel quase sempre o acompanhava. O jovem tinha uma religiosidade grande, que o avô semeou em sua alma e Antônio cultivou. Assim, mesmo com sua correria estudantil, não se desligava dos preceitos espirituais.

Quando Daniel e Roberto retornavam da missa, o avô fazia sempre um lanche bem saboroso para os dois e conversavam, pois durante a semana era impossível.

— Você não terá aulas na semana que vem, não é?

— Não, é a famosa "semana do saco cheio". Vamos emendá-la, como acontece todo ano.

— Bem, você irá fazer uma viagem para os Estados Unidos. A passagem, seu avô rico vai enviar. Sua avó Jennifer foi operada de câncer no seio.

— Coitada da vovó...

— Ela pediu para vê-lo e Gregory ligou perguntando se você poderia ir. Vá vê-la e espero que ela fique bem. Deus faça com que o tratamento dê certo e ela possa continuar vivendo e cuidando daquele monstro.

— Vovô, ele não é tão mau assim. É excêntrico, apenas isso.

— Nem vou fazer comentários, mas acho que sua avó merece que você vá vê-la. Seria como se sua mãe fosse lá.

— Vou sim, vovô. Ligarei para eles agora.

— Faça isso.

Mais tarde, Daniel falou novamente com Roberto.

— Vovô, conversei com o vô Gregory. Ele está arrasado, mas o médico disse que ela vai sobreviver. O tumor foi retirado, ela teve os dois seios removidos, mas, como você sabe, vovó é muito vaidosa. Os médicos conseguiram fazer a plástica junto e colocar silicone. Disse que ela sabe que ainda vai ter de fazer quimioterapia, mas está bem conformada com tudo.

— Isso é bom. Reze por ela. Sua avó nunca me faltou com o respeito e nunca me disse nada de que eu não gostasse. Sempre foi educada comigo.

— Já com o vô Gregory e aquele ar bostoniano dele é outra história, não é? Não deve ser fácil ser empregado dele. Eu jamais gostaria de trabalhar com aquele avô.

— Um dia todos nós vamos morrer. O que Gregory irá fazer com aquele império?

— Ele nunca me falou uma palavra sobre o que vai fazer. Acho que vai deixar tudo para o sobrinho, que trabalha noite e dia com ele e fez Harvard, claro. Não sei quantos cursos o cara fez. Quer saber de uma coisa? Espero que ele seja o herdeiro porque eu vou ser médico e vou viver aqui no meu país. Bom ou ruim, é aqui que nasci e aqui vou construir minha vida. E sim, vou atender os pobres que vivem em favelas.

— Se Deus quiser, meu filho, se Deus quiser.

Na semana seguinte, Daniel foi para Boston visitar os Knight. Saiu no domingo à noite e regressou no sábado pela manhã. Quando Roberto foi buscá-lo, viu suas cinco malas e deu boas risadas.

— Saiu com uma maletinha e voltou com cinco malas enormes?

— A vovó ficou feliz demais com minha visita. Quando cheguei, vi que tinha comprado muita coisa para mim. Fazer o que, não é, vovô? Eles acham que eu gosto de tudo isso. Até que gosto, mas não preciso, essa é a verdade.

— Sempre será assim, roupas... Quem sabe um dia eles te deem um hospital de presente.

— Se acontecer, eu é que vou ter um infarto. O vovô Gregory é pão-duro mesmo.

— Continue estudando e sendo quem você é.

— Vou continuar sim, estudando muito. — Fez uma pausa antes de continuar: — Tenho uma novidade para você. Eu ia levá-la nesse feriado para a praia, para que você a conhecesse, mas vai ficar para a próxima semana. Vamos no sábado e voltamos no domingo.

— Se eu entendi direitinho, "ela" é sua namorada?

— É, vovô. Maravilhosa, estuda na universidade. Eu a conheci na biblioteca e tenho certeza de que você vai gostar muito, muito dela.

— Se é sua namorada, deve ter escolhido muito bem. Como se chama?

— Mariana... Mariana!

18. Mariana

Daniel chegou com Mariana e a apresentou ao avô. Era loira, olhos azuis, magra e elegante. Não muito alta, e tinha um sorriso que cativava qualquer um, desde o primeiro momento.

Falava suavemente e tinha um charme que fazia com que as pessoas a olhassem inteiramente, ora os olhos, ora a boca, ora seu sorriso. Seu olhar...ah, o olhar!

Roberto encantou-se com a moça. Algo dentro dele disse que ela seria a companheira de Daniel por toda a vida. Os dois formavam um belíssimo casal. Eram jovens, mas um dia ficariam maduros e poderiam constituir uma família.

A partir do momento em que conheceu Mariana, Roberto sentiu como se uma luz tivesse invadido a casa onde moravam apenas dois homens, um jovem e um velho. A falta de uma presença feminina era imensa e Mariana era esse raio de sol.

O jovem casal entrou no carro e Roberto foi para o banco traseiro. Iam para o litoral, conforme Daniel prometera ao avô. Chegando ao apartamento, resolveram dar uma volta e sempre que isso acontecia acabavam parando na frente do portão da casa da praia.

Dessa vez, o portão estava aberto e um novo caseiro mexia no jardim. Roberto contou que a casa pertenceu a ele no passado e que gostaria de mostrá-la para Mariana. O caseiro concordou e os deixou à vontade.

— Essa casa era nosso esconderijo, nosso lar e nossa paz. Meu sonho era que Daniel herdasse a propriedade, por ser uma partezinha de nós, mas a vida não nos deu isso — comentou Roberto com Mariana.

— Mas vovô Roberto... Posso chamá-lo assim? — perguntou a jovem com uma voz muito doce.

— Claro que pode!

— O vovô perdeu essa prainha por minha causa.

— Ora, largue de ser vaidoso, menino.

— Como, por sua causa?

— É uma história longa. Eu fiquei endividado e perdi a casa. Qualquer dia, quando Daniel não tiver o que conversar com você, peça-lhe para contar toda a história.

— Vou anotar, vovô. Sei que será uma das primeiras histórias que ele vai me contar. Ou o senhor mesmo me conta — falou a jovem com a suavidade de sempre.

— Mariana, peça para meu avô contar suas histórias, umas são mais interessantes que as outras. Peça-lhe para contar a história do gato azul.

— Ah, não diga isso! — Roberto sorriu. — Sua namorada vai pensar que seu avô é maluco.

— Explique, vovô Roberto... O que é o gato azul?

— Era a história que eu contava para Daniel dormir, quando ele era criança. A história era tão bonita — Roberto riu alegremente — que ele dormia logo.

— Quero que o senhor me conte a história do gato azul. Sou apaixonada por histórias infantis.

Daniel sorriu e disse para o avô:

— Qualquer dia, conte a história do gato azul para a Mariana. Ela é mais do que apaixonada por esse tipo de história. Sabe o que ela estuda?

Roberto fez que não com a cabeça e ao mesmo tempo mostrou um ar de curiosidade.

— Mariana estuda belas artes. Pinta maravilhosamente e quer ilustrar histórias infantis. Faz desenhos belíssimos.

— Nossa, menina, que bom que Deus lhe deu esse dom! Pintar é uma obra de Deus pelas mãos dos homens. Daniel pintava quando criança, mas um dia parou. Ele tem talento. Ensine-o, faça-o voltar a pintar. A avó dele, Stella, era designer de joias.

— Veja como é bom ter um avô! Ele conta tudo, Dani, tudinho. Vou fazer você desenhar também.

— Não, agora sou só da medicina. Tenho de estudar muito.

Roberto foi até o caseiro e conversou com ele. Perguntou por que ainda não haviam construído o hotel. O pobre homem não sabia de nada, pois fora contratado para não deixar ninguém invadir o terreno e apenas fazer o que o caseiro anterior fazia: cuidar do imóvel.

Roberto vistoriou o local e viu que estava descuidado. Falou com o caseiro e contou algumas coisas das plantas do jardim. O bom homem ouviu e disse que ia fazer tudo para que ele voltasse a ser bonito.

Daniel o chamou e os três voltaram para o apartamento.

Roberto deu a entender que os dois ficassem à vontade e foi para a cozinha. Enquanto os namorados mantinham suas conversas, ele fazia o jantar.

Saiu para fazer algumas compras no supermercado, bem pertinho do prédio, e depois voltou. Terminou seus afazeres, colocou a mesa e ficou esperando que eles saíssem do quarto para jantar.

Como estavam demorando muito, bateu delicadamente na porta e disse que, se tivessem fome, o jantar estava pronto. Não demorou muito e os dois chegaram, elogiando o cheiro da comida.

Durante o jantar, Mariana contou um pouco sobre sua vida:

— Sempre gostei de pintar. Tenho isso em mim. Nasci e quase sempre morei no interior. Meu pai sempre admirou pintura. Foi ele quem me ensinou a ver o que os grandes pintores fizeram. Muitas vezes me levava em viagem e me fazia quase decorar onde tal quadro estava em tal museu.

— Que bonito! — Roberto estava encantando com Mariana, cada vez mais.

— Quando terminei o segundo grau, meu pai me deu de presente um ano nos Estados Unidos para aprender pintura. Aprendi muita coisa. Um dia ele me chamou ao telefone e disse que estava na hora de eu voltar. Ele e minha mãe não se entendiam mais. Mesmo comigo perto, nada adiantou. Ao contrário, brigavam mais ainda, porque tinham audiência.

— Que triste... E como fizeram?

— Não fizeram, vovô. Eles se separaram. Meu pai já tinha outra mulher. Foi viver com ela na fazenda e minha mãe ficou na casa da cidade. Tenho uma irmã, casada, que mora com ela lá. Quando tudo normalizou, cada um na sua casa, fui conversar com ele dizendo que queria continuar a estudar.

— Você se dá bem com seu pai?

— Sim, com ele e com ela. São meus pais. Quando vou para minha cidade fico uns dias com ele e outros com ela. Como fiquei sem meu teto, pedi para estudar.

Daniel interrompeu a namorada para elogiá-la:

— Viu, vovô? Mariana é isso, uma pintora e tanto. Vai terminar belas artes e fazer muitas exposições. Será uma grande estrela da pintura.

Ela o fitou com simpatia e continuou sua história:

— Meu pai me dá uma mesada para eu estudar. Como não pago a universidade, moro com mais quatro amigas numa casa, quero dizer, numa república feminina.

— Sabe, Mariana, você é meiga, muito meiga. Meu Deus, espero que seja feliz naquilo que está escolhendo! Talento, a pessoa já nasce com ele. E você, pelo que percebo, está apenas dilapidando a pedra. Daniel, cuide bem dessa joia!

— Vou cuidar sim, vovô. Muito!

— Amanhã vou mostrar minhas pinturas para o senhor, vovô Roberto. Estão no notebook. Vai ver o que sei fazer.

— Quero ver sim! — disse Roberto, e depois ficou quieto.

Logo após foi para a cozinha pegar a sobremesa. Pensou na vida linda e ao mesmo tempo triste que a jovem tivera. Viu os pais se separarem e em nenhum momento disse que o pai, mesmo tendo outra mulher, era o culpado. Amava os pais mesmo assim, e muito. Sua pintura decerto mostrava um talento que ela queria dilapidar. Sem dúvida, uma pessoa com tanta sensibilidade devia ser romântica e apaixonada. Roberto acreditava que ela seria ideal para alguém como Daniel, que, tendo o pé sempre no chão, ou quase sempre, precisava de alguém que o fizesse olhar para a lua de vez em quando.

Depois da sobremesa, os três jogaram cartas e foram dormir. Roberto imaginava Mariana com um pincel, pintando telas nas nuvens, os anjos brincando, crianças por todos os lados, e tantas coisas bonitas.

No dia seguinte, foram à praia, tomaram sol, banho de mar e foram almoçar num restaurante bem simples. Roberto e Daniel costumavam aparecer lá quando iam à cidadezinha. Para Mariana, tudo estava bom, tudo era maravilhoso. A comida, por mais simples que fosse, tinha um quê de originalidade. O suco era muito gostoso e a sobremesa, divina.

A simplicidade de Mariana era fantástica. Seu mundo não era bem o daqui. Era o mundo de que Roberto gostava, com religiosidade, com espiritualidade, com educação, com crianças.

Quando voltaram da viagem de fim de semana, Roberto havia dado o sim para Mariana e ela para o avô.

— Bom, vou levar Mariana para casa e depois eu volto.

— Tenho uma sugestão — disse Roberto. — Mariana dorme aqui e amanhã vocês vão juntos para a universidade.

O casalzinho de namorados se entreolhou, sorriu e abraçou o avô. Em seguida foram dormir, pois no dia seguinte era segunda-feira, dia de começar tudo de novo.

Os meses foram correndo sem sobressaltos. Nos fins de semana, Mariana e Daniel ficavam com o avô. Roberto adorava essa nova situação. Deixava os jovens à vontade. Às vezes iam para a praia, mas o estudo tornava cada vez mais difíceis os momentos de folga. Durante a semana, eles raramente se viam.

Um dia Daniel chegou preocupado e Roberto, que o conhecia muito bem, perguntou o que havia acontecido.

— Mariana estava restaurando o altar de uma igreja e o andaime caiu com ela e tudo.

— Ela está muito ferida?

— Está bem agora, mas quebrou a perna em três lugares. Vai precisar ficar uns dias de cama e depois terá de andar em cadeira de rodas por um mês. Somente depois desse período irá, aos poucos, voltar a caminhar.

— Nossa... coitada dessa menina!

— Ela não quis avisar a mãe. Não sei se lhe contou que a mãe entrou de novo em depressão. Além disso, a nova esposa do pai vai ter um filho em breve.

— Pobre Mariana... Onde ela está?

— No hospital da universidade. Vai ficar uns dias lá, e depois... bem, depois não sabemos.

— Depois, ela vem para cá. Vai ficar aqui até se restabelecer.

— Tem certeza, vovô? Está falando sério?

— Sim, estou. Dona Emília, a vizinha que mora na casa revestida de pedras, se aposentou. É enfermeira e pode vir todos os dias ajudar Mariana no banho. Depois, se estiver tudo bem, é o tempo que vai ajudar a cicatrizar. Ela precisa de nós e nós gostamos dela, não é?

— Eu adoro essa menina, vovô. Para mim, ela é mais do que você possa pensar.

— Vou vê-la amanhã e depois da alta a traremos para cá. Você dorme no quarto de hóspedes até ela sarar, senão vão ficar conversando a noite inteira. E você precisa estudar.

— Calma, vovô. Você é engraçado... Sua preocupação é eu deixar de dormir! — Deu uma risada.

— Filho, eu conheço a vida. Vamos tratar bem da nossa menina, mas isso não será motivo para você esquecer que o mais importante é seu estudo.

Continuando a rir, Daniel olhou para o avô:

— Nessa hora difícil, você me faz rir!

Na semana seguinte, Mariana saiu do hospital e ficou com Roberto e Daniel. Nos dois primeiros dias a jovem ainda estava meio abalada. Aos poucos, foi se adaptando à situação. Dona Emília fora contratada por meio período para ajudá-la no banho e em tudo o que fosse necessário.

Roberto a todo momento ia levar-lhe algo para beber ou comer. A primeira semana passou mais rápido do que ele pensava.

Ficou combinado que, quando ela estivesse na cadeira de rodas, poderia voltar para a universidade. Roberto a levaria e depois iria buscá-la. Ao mesmo tempo, Daniel estava ocupado com suas aulas e laboratórios de anatomia, entre outras coisas.

Durante o período de convalescença, Roberto e Mariana conversavam o tempo todo. Foi num desses dias que ela lhe pediu para contar a história do gato azul. No começo ele resistiu, mas, como a história era de sua autoria e responsabilidade, contou a odisseia do gato azul que, em vez de miar, cantava:

Os gatos tinham pouco tempo para se arrumar. Tomaram banho de lambidas, vestiram suas roupas cafonas e foram para o palco.

O gato preto, que se chamava Zezão, convidou Bluzinho para cantar um número com eles.

Bluzinho ficou feliz. O grupo havia estranhado o fato de ele cantar como gente e não miar como gato. Com toda certeza, seria um número estranho, mas diferente. Afinal, o pessoal da plateia não era erudito. Assim, miar ou cantar era a mesma coisa. O pessoal que lá estava tomava leite misturado com bebidas alcoólicas e colocava as gatinhas no colo. Se tudo era somente bagunça, quem iria reparar no Bluzinho cantando? Ninguém.

O show começou. Zezão correu os dedos com unhas muito afiadas pelo piano e mandou ver. Bluzinho entrou e começou a cantar. Primeiro o espanto da plateia, que nunca tinha visto um gato cantando em vez de miar. Depois do espanto, a divisão dos espectadores, metade odiando e metade amando. A metade que odiava era mais barulhenta e superava os que gostaram de Bluzinho.

Não demorou muito, porque Zezão terminou rapidamente a música. Debaixo de grande vaia, Bluzinho saiu do palco. Uma parte aplaudiu em pé aquele fantástico gato azul e branco; mas era minoria mesmo. Afinal, quem vai gostar de gato siamês dessa cor cantando jazz?

Bluzinho foi para o camarim e ficou sentado, triste como sempre. Jamais faria sucesso. Como se não bastasse a cor ingrata, nem o seu diferencial era bem visto.

Ficou ali quieto, ora ronronando, ora tristonho, enquanto os gatos vira— latas terminavam seu show.

Mariana o interrompeu quando ele fez uma pausa:

— Estou adorando a história. É linda! Vou começar a desenhar as cenas amanhã, porque já estarei na cadeira de rodas e isso facilitará meu trabalho. Vovô, prometa que vai escrever ou gravar a história.

Roberto a fitou:

— Minha filha, na minha idade eu gravo, não vou ficar digitando nada. Agora preciso fazer nosso almoço ou vamos passar fome!

— Está bem, vovô Roberto. Depois você me conta o resto.

E Mariana começou a imaginar os desenhos que faria do gato azul.

Roberto imaginou que aquilo fazia parte da "terapia" que inventara para cuidar de Mariana e por isso não se importaria em contar a história várias vezes.

No dia seguinte, Daniel ajudou Mariana a sentar na cadeira de rodas. Ela chorou bastante.

— Que seria de mim sem você e o vovô?

— É que nós a amamos, só isso. Veja se consegue fazer o que falei.

— Olhe, vou e volto, com cuidado eu dirijo isso.

— Vá com calma. Ela tem um motorzinho, mas não pense que é um carro de verdade.

— Estou me sentindo bem assim. Agora vou começar a desenhar.

Daniel tirou do bolso um envelope e o entregou à namorada.

— Uma das suas colegas, Doralice, pediu para lhe entregar um artigo que saiu no jornal.

Mariana abriu e começou a sorrir:

— Leia!

Daniel leu o artigo que falava de um concurso de livro infantil ilustrado.

— Seu avô e eu vamos participar do concurso! Você verá como nosso trabalho ficará lindo.

— Sem dúvida alguma, Mari — disse Roberto, entrando no quarto. — Ainda bem que tenho vocês dois para me deixar maluco. Vamos almoçar?

— Veja, vovô, ela já está controlando a cadeira.

— Parece mais um carro de corrida — resmungou graciosamente o avô.

— Vamos almoçar — disse Mariana, rindo, para acabar com o falatório.

Os três se acomodaram e mais uma vez riram, até que Mariana contou que eles iriam participar do concurso.

— Vamos, claro! Já que Mariana quer participar, vamos entrar nisso todos.

19. Vivendo cada dia...

Roberto entrou no consultório do cardiologista, dr. Wagner, e sorriu. O médico se levantou da cadeira e foi abraçá-lo.

— A aparência é ótima, mas vamos ver se o motor está bom.

Ele sentou e olhou para o médico.

— O motor está falhando cada vez mais. Há dias em que estou muito cansado e em outros, parece que me falta o ar. Tomo todos os medicamentos, tento fazer minhas caminhadas, mas elas têm se tornado curtas. Além disso tenho sono, pois os remédios me deixam assim. Às vezes, sinto que o coração vai disparar. Outras vezes tenho uma taquicardia brava. Quando isso ocorre tomo duas vezes o medicamento.

— O eletrocardiograma que você acabou de fazer está um pouquinho diferente do último. Vamos ter de fazer um ecocardiograma, um teste ergométrico e quem sabe uma cintilografia miocárdica, para não chegar a uma cinecoronariografia.

— Cateterismo?

— Sim. Mas vamos dar um passo de cada vez. Você já fez o eco e o ergométrico. Vamos repetir esses exames. Se estiver pelo menos igual ao anterior, manteremos os medicamentos; caso não esteja, você fará uma cintilografia.

— Depois...

— Vamos ser otimistas, Roberto. O cateterismo é o último da lista.

— Sou cardiopata. Nós dois sabemos que tenho um problema sério.

— Você está bem e vai ficar melhor. Como anda o neto?

— Fazendo medicina e namorando uma menina maravilhosa, que, por sinal, agora está bem melhor. Ela caiu de um andaime e quebrou a perna em três lugares. Fazia restauração na pintura de uma igreja.

— E você está cuidando dela também?

— Claro que sim! O que acha que me mantém vivo? É assim minha vida; cuidar do meu neto, da minha futura neta e manter minha ocupação em favor deles, que inventam moda para me convencer de que estou vivo. Agora estamos escrevendo e desenhando um livro infantil para um concurso que certamente terá milhares de inscritos.

— Isso lhe dá prazer?

— Claro que sim! Isso me dá vida.

— Vou passar as prescrições. Continue com os medicamentos; não pare de tomar nenhum.

— Claro! Mas cá entre nós: eu queria vê-lo na faculdade e já o estou vendo estudar medicina, namorando. Já cumpri minha promessa.

— Do jeito que as coisas vão, você vai virar tataravô, com mais de cem anos.

— Nem sei se vou conseguir chegar aos oitenta.

— Vaso ruim não quebra. Sua pressão arterial, como posso ver, está normalizada.

— Vou fazer todos os exames.

— Já contou para seu neto do problema no coração?

— Ainda estou bem, não estou?

— Sim, está numa fase muito boa, mas precisa lhe contar que teve um diagnóstico sério.

— Acha que seria bom nesse momento da vida dele, fazendo medicina, dizer que o avô pode morrer a qualquer momento?

— Ninguém disse que você pode morrer a qualquer momento, mas sim que tem um problema sério no coração. Não pode fazer cirurgia e o cateterismo é arriscado para você.

— Doutor, agradeço sua preocupação, mas, pelo que li a respeito, meu problema não tem solução. Na realidade, posso viver mais alguns anos ou posso ir de repente. Essa história deixará meu neto triste. Ele vai sofrer. — Sorriu e completou: — Melhor não saber. Por enquanto.

— Está bem, faça logo os exames.

— Vou fazer. Quero viver mais um tempinho.

Mais tarde ele se encontrou com Mariana. Ela agora estava de muletas, fazendo fisioterapia, para voltar a andar de forma correta. Sentada na sala de espera, ela o aguardava. Roberto ajudou-a a entrar no carro e foram para casa.

— Vovô, conte o final da história do gato azul. Está faltando somente isso para eu terminar a ilustração do nosso livro.

— Final da história. Bem, quando o Daniel não dormia logo, eu inventava outros casos em cada parte da história. Mas, pelo tamanho do livro e pelas ilustrações que você está fazendo, o texto tem de ser bem curto. Eu resumiria assim:

De repente bate na porta um gato cinza e elegante dizendo que era empresário e pergunta se Bluzinho tinha alguém para cuidar de sua carreira. Ele diz que não, e na mesma hora o empresário o convence a assinar um contrato.

Bluzinho nem poderia imaginar que estava diante do maior empresário dos gatos do planeta.

Assim; ele o levou para Nova York e depois de muito preparo, dedicação e horas infinitas de ensaio, Cinzão, como era conhecido o empresário, preparou Bluzinho para sua grande estreia mundial.

Em seguida ele lançou um CD e um DVD acústico, intitulado **Little Blue in the Moon.**

Bluzinho apareceu nos maiores programas de televisão e cantou. Filas imensas se formavam diante dos teatros em que ele se apresentava, em Nova York. Somente se falava no gato azul, que virou um sucesso. Réplicas grandes e pequenas, colares, óculos, relógios, celulares, brinquedos infantis, jogos e uma infinita coleção de bluzinhos invadiram rapidamente o mundo. Os chineses comemoraram o ano do gato com a réplica de Bluzinho.

Depois de Nova York, ele fez uma turnê mundial, passando por Rio de Janeiro, São Paulo, Porto Alegre, Fortaleza, Cidade do México, Tóquio, Xangai, Pequim, Sidney, Roma, Londres, Beirute, Cairo e outras cidades. Finalmente parou em Paris para o último show.

Depois de terminada a apresentação, ele saiu para um passeio, sozinho, pela cidade. Olhou a Torre Eiffel, enfeitada com luzes brancas e azuis, decerto em sua homenagem. Chorou de emoção, mas continuava triste.

Foi então que, descendo a escadaria, passeando pelas margens do rio Sena, sob um céu estrelado e uma Lua linda, ele viu Gringrin (Green and White), a gata mais famosa do cinema, de pelagem verde e branca. As costas verdes, o peito e as patinhas brancas lhe davam um charme especial, que o colar de diamantes completava.

Ela vinha escoltada por quatro seguranças, que mais pareciam panteras negras do que gatos.

Os dois entreolharam-se e pararam para se cumprimentar, pois no mundo artístico é comum e elegante fazer isso e elogiar o outro.

Mas foi mais do que troca de elogios. Os dois se apaixonaram perdidamente.

Ela gravava um musical em Paris. No dia seguinte, Bluzinho foi até o local das filmagens e o diretor, quando o viu, pediu-lhe que fizesse uma participação especial.

Juntos dançaram e cantaram em terceira dimensão, tendo a Cidade Luz como cenário.

Bluzinho voltou para Siameslândia e foi recebido como herói. O pai era agora prefeito e o recebeu com honras de Estado.

Bluzinho apresentou Gringrin para todos e em seguida partiu com ela num avião que ambos tinham comprado. Foram curtir a lua de mel em alguma ilha do Pacífico.

A última notícia que se tem do casal de gatos mais famosos do mundo é que tiveram quadrigêmeos. Nasceram dois gatinhos, um verde e branco, o outro azul e branco, e duas gatinhas, uma rosa e branca e a outra vermelha e branca.

Os dois continuam fazendo filmes e shows. São muito felizes e provaram que o talento vence a discriminação. De fato, gatos, como pessoas, não são iguais. Ao contrário, a diversidade é que traz beleza ao mundo. São as diferenças que levam ao sucesso!

— Vovô, o livro vai ficar lindo! Você precisa ver as ilustrações. Calculo que na próxima semana poderemos imprimir e mandar para o concurso.

— Fico admirado com a rapidez do seu trabalho! Mudando de assunto, quando irá aposentar as muletas?

— O fisioterapeuta avisou que na semana que vem estarei com uma bengala e depois, espero, vida normal.

— Tem se comunicado com sua família?

— Falo com eles quase sempre. Contei sobre o acidente, mas disse que estava bem. Eles querem conhecer o Daniel.

— Acho que eles estão certos.

— Ah, e ganhei um irmãozinho! Meu pai tem 48 anos e minha madrasta, menos de 30.

— Espero que sejam felizes. E sua mãe, melhorou da depressão?

— A depressão dela tem uma causa objetiva: ela se sente velha com 47 anos, pode?

— Algumas mulheres sofrem com a idade. Quando jovens têm tudo, mas com o passar do tempo às vezes acontece o que aconteceu com seus pais. Eles se separam e a mulher fica sozinha ou cuidando dos filhos. Sabe, acho que sua mãe deveria encontrar alguém.

— Você fala isso porque não a conhece.

— Quando você levará Daniel para conhecer seu pai e sua mãe?

— O ruim é isso, vovô: são duas casas, de um e de outro. Vamos nós três no próximo fim de semana? Acho que até lá estarei somente com a bengala.

— Vão vocês dois. Irei depois. É melhor assim.

— Mas falei tanto de você, que cuidou de mim... Eles querem conhecê-lo.

— Na outra vez, Mariana, na outra vez.

— Está bem.

Na semana seguinte, Mariana levou Daniel para conhecer seus pais. Partiram no sábado de madrugada e voltaram no domingo perto da meia-noite.

Mariana contou que todos adoraram Daniel e ficaram tristes por não ter conhecido o avô. Eles prometeram que em breve iriam conhecê-lo. Mariana contou também que o pai fez um churrasco na fazenda e convidou toda a família, inclusive a ex-esposa. Ela aceitou o convite, arrumou-se bem e graças a Deus não houve problema nenhum. A família nem desconfiava da gravidade do problema que Mariana enfrentou. Ficaram felizes em saber que o namorado e o avô tinham cuidado dela com tanto amor.

O mais engraçado, disse Mariana, foi que a mãe e a madrasta mostraram-se extremamente simpáticas diante da situação. Na verdade, não trocaram beijinhos nem confidências, mas se portaram com dignidade.

Depois do churrasco na fazenda do pai, ela e Daniel almoçaram na casa da mãe no domingo. O pai também foi convidado e compareceu, com a nova companheira e o bebê.

Mariana riu muito e falou que jamais imaginou uma situação como aquela. A família fez bonito, as brigas horríveis tinham acabado e agora todos pareciam bem. A mãe, enquanto superava a depressão, era muito sociável, mesmo naquelas circunstâncias.

Mariana logo se restabeleceu. Então comunicou a Roberto que voltaria para a república. Ele notou que Daniel ficou triste e o chamou na cozinha, fingindo precisar de alguma coisa, como pegar uma panela ou abrir uma geladeira.

— Daniel, você quer que a Mariana fique aqui?

— Claro que sim, vovô. Ela nem imagina quanto a amo.

— Peça para ela ficar. Eu também não sei mais vier sem ela aqui. — Sorriu como só um avô sabe sorrir, num gesto de carinho e compreensão.

Daniel foi para o quarto onde Mariana começava a arrumar a mala. Roberto, como sempre, fazia da cozinha seu *habitat* e lá ficou para terminar o jantar.

Meia hora depois, os dois apareceram sorrindo e foram abraçar o avô.

— Vovô Roberto, tem certeza de que me quer aqui?

— Nós dois queremos você aqui. Sem você, nossa casa perde a luz feminina que brilha. Fique conosco.

— Claro que ficarei! Para mim também seria muito difícil viver longe do meu Dani e do meu vovozinho.

Daniel a abraçou. Roberto serviu o jantar e Mariana prometeu arrumar a cozinha em seguida.

Na mesma semana Mariana imprimiu o livro numa gráfica. Solicitou seis cópias: três para enviar para o concurso, uma para Roberto, outra para seu portfólio e a principal para Daniel.

Naquele final de semana, decidiram ir à praia no sábado e voltar no domingo depois do almoço.

Enquanto os namorados estavam abraçados na rede da sacada, Roberto saiu, como sempre fazia. Ia ao supermercado, à farmácia, à missa e, às vezes, ficava horas passeando. Nas suas andanças, sentava, conversava com todas as pessoas que encontrava, contava da casa da prainha. Assim, todos ficaram sabendo de sua história na pequenina cidade.

Como sempre, foi até a estradinha de pedra e, ao chegar à casa, tocou a campainha. A porta se abriu e o caseiro o recebeu com um sorriso. Roberto perguntou se à noite poderia ir até lá e ficar um pouco na casa, com seu neto e a namorada. O caseiro concordou. Roberto nada disse para Daniel, mas falou com Mariana. Os dois fizeram um lanche bem especial, levaram champanhe, colocaram tudo numa cesta, pegaram o carro e levaram Daniel, dizendo que era uma surpresa.

Pararam diante da casa. O caseiro abriu a porta e eles entraram. Convidaram o funcionário para participar do lanche, mas ele, educadamente, recusou, dizendo já ter jantado. Foi saindo e disse que a casa estava aberta para a família.

Eles preferiram se acomodar em torno da mesa da varanda. Ali colocaram a toalha, as taças, os lanches. Daniel olhava ora para um, ora para outro. Acenderam uma vela num castiçal. Comeram os lanches, a sobremesa e finalmente Roberto abriu o champanhe. Colocou nas taças e Mariana entregou a cópia do livro para Daniel, embrulhada numa caixa de papelão.

Ele abriu a caixa e pegou o livro. Ficou encantado com a capa e com as ilustrações feitas por Mariana. O texto era do avô. E logo na primeira página leu a dedicatória:

Para Daniel,
Vovô Roberto contava a história do Gato Azul e você dormia embalado por ela. Hoje você dorme fascinado pelos desenhos de Mariana. Assim sendo, vovô e Mari resolveram fazer este livro para você.
Com nosso amor, os autores.

Daniel abraçou-os fortemente. Como tinha braços longos, não foi difícil dividir tanto amor naquele instante. Depois da surpresa, olhava o livro. Às vezes lia o texto, outras admirava as belíssimas ilustrações. Os desenhos do Gato Azul ali estavam e representavam sua infância. Lembravam seu pedido de aconchego, de apoio diante das dores do mundo. Era como se ele fosse o gatinho, que tanto sofreu até encontrar a felicidade.

Num retorno afetivo no tempo, Daniel sentiu que a meninice vinha correndo a seu encontro e o convidava para um passeio pela prainha. Convidou o avô, que declinou. Queria que ele ficasse a sós com Mariana. Os dois saíram sob a luz do luar.

Roberto foi levar o lanche, o doce e o restante do champanhe para o caseiro. Voltou e viu os dois envolvidos pela lua. Então reparou que o neto ajoelhava. Mariana o fez levantar-se e os dois se abraçaram longamente.

"Ou foi uma jura de amor ou um pedido de casamento", pensou.

Mais tarde, os namorados retornaram e encontraram Roberto dormindo numa das cadeiras de praia. Acordaram o avô e voltaram para o apartamento. No dia seguinte, regressaram a São Paulo. O problema, como sempre, foi o trânsito interminável. Mas, com a companhia certa, até o tráfego pesado era gostoso.

O tempo corria. Isso faz parte da vida, e é bom quando as coisas fluem normalmente. A rotina, muitas vezes, é nossa maior amiga e nem sempre sabemos disso. Trabalhar, estudar, ter afazeres domésticos, caminhar ou simplesmente andar por aí faz um bem danado.

20. Coisas do destino

Daniel foi pela primeira vez com Mariana ver os avós maternos. Durante o período, sem contar para o neto, Roberto novamente foi ao médico e dessa vez ficou internado alguns dias para fazer exames. Fez todos, menos o cateterismo, e o resultado mostrou seu coração cada vez mais comprometido com a doença.

— Então? Meu coração está com a bateria fraca, não é? Ainda bem que agora arrumamos uma senhora para nos ajudar. Não consigo mais fazer as coisas que eu fazia. Minha aparência é saudável, não aparento ter um coração pifando, não é, doutor?

— Roberto, sem mais brincadeiras, quando seu neto chegar dos Estados Unidos, quero que venha com ele aqui. Vamos conversar sério sobre isso. Acho que chegou o momento do cateterismo. Quero me certificar se existe ao menos uma possibilidade de fazer alguma coisa.

— Com a sua experiência, você sabe o que dá certo e o que dá errado. Quando Daniel chegar, eu o trago comigo e você explica tudo. Sim, sei que meu coração não está mais funcionando como deveria. O senhor decide com ele sobre o cateterismo.

— Combinado.

Já fazia um ano que Roberto dirigia o carro somente em caso de grande necessidade. Mariana costumava levá-lo onde fosse preciso. Ele tinha medo de sofrer algo enquanto dirigisse o veículo. Ela percebeu que o avô andava cansado, mas, quando lhe perguntava algo, sempre ouvia respostas evasivas. Com muito jeito, arrumou uma senhora para ajudar na casa.

Ao completar 21 anos, Daniel perguntou ao avô sobre o dinheiro que os pais haviam deixado e conversaram sobre o seguro de vida. Roberto o aconselhou a verificar o valor total atualizado e, dependendo das aplicações, esperar para usá—lo quando se formasse. Assim poderia montar uma clínica infantil e iniciar sua profissão como pediatra.

O avô materno, que entendia bem de aplicações, ajudou-o a resolver a questão. Daniel decidiu deixar o dinheiro investido até o término da residência, ou um pouco antes disso. Então abriria sua clínica. Esse era um começo que raras pessoas podiam se dar ao luxo de ter, mas ele o teria. Era o presente que os pais lhe haviam deixado.

O avô materno lembrou-o de que havia pedido um empréstimo para o avô paterno não perder a casa da praia. Daniel riu por Gregory ter-se lembrado disso e pediu desculpas. Gregory chamou-o a um canto, mas na última hora desistiu de falar o que tinha a dizer.

Mariana estava muito feliz. Roberto também. Eles haviam ganhado o concurso, depois impugnado por um dos autores, que não gostara do resultado. Demorou até que a justiça decidisse que os vencedores podiam receber os prêmios e as edições.

Como eles tinham conquistado o primeiro prêmio e de modo algum seriam contestados, acabaram deixando o assunto de lado. Mas um dia receberam um e-mail, avisando-os de que finalmente poderiam receber o que lhes era devido.

Chegou o grande dia. Os organizadores do concurso promoveram uma grande festa. Roberto e Mariana ganhariam, além da primeira edição do livro, 100 exemplares e 20 mil dólares.

— Vovô, como está seu coração?

— Mariana, minha filha, estou ótimo. Seu trabalho foi maravilhoso, demorou muito para recebermos o prêmio. Sabe o que vamos fazer com o dinheiro?

— Não tenho ideia, vovô. Que vamos fazer?

— Sua primeira exposição individual. Todos precisam conhecer a grande pintora que você é. Levando em consideração que, além das telas, você vai mostrar todas as ilustrações do gato azul. Sei que mais dia, menos dia, será reconhecida como uma das maiores pintoras deste País.

— Vovô, pintor no Brasil morre de fome, salvo raridades. No ano que vem começo a ministrar aulas e a fazer a pós-graduação. Não é melhor assim? Se eu não conseguir o sucesso de que você fala, ao menos posso ser uma docente de qualidade.

— Você vai realizar os dois sonhos.

Daniel entrou na sala e olhou para ambos. O avô estava abatido, mais magro e já não tinha a aparência saudável dos anos anteriores. No entanto conservava o sorriso, os cabelos brancos e certo jeito angelical que nunca deixou de ter.

— Vovô, você está bem? Parece meio abatido.

— São os medicamentos. Está na hora de mudá-los, creio. Quero que na próxima consulta você vá comigo. O médico quer lhe dizer pessoalmente que ando cada dia mais novo. — E sorriu novamente.

— Mais um pouco e poderei cuidar de você, eu mesmo...

— Você e Mariana cuidam muito bem de mim.

— Você viu o anel que dei para ela nos Estados Unidos?

— Foi a primeira coisa que vi. Digam-me... É um anel de noivado?

— Sim, é respondeu Daniel — Estamos noivos!

— Que bom! Que sejam muito felizes sempre. Quando pretendem casar?

— Bem, vovô, apesar de ter agora em meu nome aquele dinheiro, o problema maior é que, ainda estudando, fica difícil pensarmos em montar casa e gastar o que deveríamos guardar para nosso futuro.

— Dani precisa terminar a medicina primeiro, não é vovô? Depois disso a gente pode se casar.

— Vamos ser francos? Posso?

— Claro, vovô, claro — disse Daniel, não entendendo ainda onde o avô queria chegar.

— Temos a nossa casa aqui, certo? Você tem seu carro, a Mariana usa o meu, que raramente dirijo, dona Catarina faz a limpeza da casa, passa roupa, ajuda a gente. Esta casa precisa somente de uma coisa: limpeza, pintura nova, mudar o quarto de vocês para o meu, que é uma suíte grande... e eu mudar para o quarto de vocês, que para mim será ótimo, tem um bom tamanho, tem banheiro. Bem, não falta nada. Basta casar. Convidar as pessoas para o casamento, sem trabalho de nada.

— Vovô, você está falando sério? Casar agora?

— Vocês não podem viver um sem o outro, a família da Mariana na certa não vê com bons olhos vocês morarem juntos, e ainda por cima com um velho, sem serem casados. Deixem a família dela feliz. Façam uma cerimônia simples, celebrada por Antônio. Vocês têm de ver quando ele pode passar uns dias aqui. Mandaremos a passagem. É justo, não é?

— Mas, vovô — disse Mariana —, é isso que você quer? Tem certeza?

— Mariana, nos últimos meses quem está cuidando de tudo aqui é você. Você faz supermercado, pagamentos em banco, a sua faculdade, tudo é você. O vovô está bonitão para um homem de 80 anos, mas o motorzinho anda fraco. Nada vai mudar, apenas o coração de vocês ficará mais feliz. O meu também.

— Você pensa em tudo, não? — disse Daniel, emocionado.

— É uma chance de eu ver vocês casados. Se de repente eu morrer, pelo menos assisti ao casamento, para contar para seus pais e sua avó quando eu me encontrar com eles lá no céu. Quer dizer, se eu for para lá... — falou, meio entristecido.

— Se o senhor não for, vovô — disse Mariana —, quem é que vai?

— Sei lá... Falando em casamento, Daniel, seus avós mandaram um convite, vão fazer cinquenta anos de casados. Jennifer diz que se casou com dezoito anos e seu avô deve ter-se casado com uns 23. Coloque mais cinquenta nisso. Eles estão muito bem, se cuidam bastante.

— É verdade, vovô, eles se casaram cedo, e para os padrões americanos fazer cinquenta anos de casamento é uma dádiva.

— Demoraram um pouco para ter filhos, mas finalmente Júlia nasceu. Gregory tem paixão por um dos sobrinhos, filho de um dos irmãos dele.

— É verdade, será o presidente da empresa. Vovô Gregory me disse que vai ficar até os 75 anos na empresa e o sobrinho vai substituí-lo, já que eu vou ser médico mesmo.

— Mas é sua vocação, Dani, não é?

— Sim, Mari, é. Fico apenas triste porque no fundo ele me queria lá, mas...

— Você escolheu o caminho, Daniel. Siga-o. Se no futuro mudar de ideia, fale com ele.

— Bem, decerto eles vão mandar as passagens. Nós iremos, desde que a cerimônia não coincida com minhas provas.

— Acho que não, pelo que li no convite. Dessa vez eles mandaram um convite para cada um, sabiam?

— Você irá, vovô? perguntou Daniel.

— Não, claro que não. Não por eles, desejo paz, saúde e que vivam bem, sua avó ficou boa do câncer, tem mais é que comemorar. Mas não tenho condições de viajar tantas horas. Fico muito cansado... Aproveitem e comuniquem que vão se casar, convidem-nos antecipadamente.

— Vovô, vi as fotos do casamento dos pais do Daniel. Acha que conseguiríamos alugar a casa da praia e fazer lá a cerimônia?

— Vocês vão para os Estados Unidos. Liguem para a empresa que é a dona da casa e negociem isso. O caseiro não sabe nada.

— É verdade — concordou Daniel.

— Mas casar aqui na nossa comunidade, na nossa linda igreja, também seria muito bom.

— Vamos pensar em tudo isso, vovô. Hoje é uma noite especial. Vamos nos arrumar?

— Sim, Mariana, vamos — respondeu Roberto, todo feliz.

Houve um belíssimo jantar, com os dez vencedores do concurso. Apenas *O gato azul* foi publicado. A edição era muito bonita. No salão havia pôsteres das ilustrações, chamando a atenção de todos para a beleza do trabalho de Mariana.

Um a um, os autores foram chamados pela classificação inversa. Quando o primeiro foi anunciado, Roberto e Mariana, de braços dados, subiram ao palco. A audiência se levantou e aplaudiu.

O mestre de cerimônias entregou-lhes um troféu em vidro e alumínio, o valor do prêmio e um exemplar do livro. Mariana segurou tudo isso. Roberto, olhando para o neto, que estava à sua frente, na mesa que a organização escolhera, disse, sorridente:

— Quando meu neto era pequenino, eu contava a história do gato azul para ele dormir. Ele dormia rápido, o suficiente para eu pensar no que contaria na noite seguinte, nos próximos dias, e assim nasceu essa história. Um dia, meu neto Daniel — olhou para todos e apontou o neto —, ali em frente, cresceu. Vai ser médico em breve e conheceu essa princesa que está aqui ao meu lado, sua noiva, que resolveu fazer a ilustração da história. Ela vai contar sobre isso. Assim o livro nasceu e nós dois, apaixonados por aquele moço simpático, fizemos esse livrinho para ele e para todas as crianças. Obrigado.

— Esse homem incrível que está aqui ao meu lado é o meu querido vovô Roberto. Ele já contou a nossa história. Eu apenas fiz a ilustração do gato azul. Espero que um dia, quando eu tiver filhos, todos possam ler esse relato, tão bonito, sobre o preconceito e a superação. Muitas vezes, não percebemos que o diferente é na realidade magnífico, que são poucos os que sabem fazer certas coisas, como criar um neto. Não basta ser somente avô. É preciso um amor incondicional e a sabedoria de renunciar à própria vida em função do netinho. Obrigado, vovô. O livro é seu, de Daniel e de todas as crianças que procuram o gato azul em seu coração.

Os dois foram muito aplaudidos. Aqueles momentos maravilhosos seriam inesquecíveis. Voltaram para casa felizes e foram dormir, pois no dia seguinte a vida continuava. De vez em quando, um *glamour* inesperado faz bem, o ego fica feliz, mas deve-se compreender que não podemos fazer de alguns momentos ou de uma noite a nossa história. Ela é feita pelos momentos de todos os dias.

21. Ciclo da vida

Daniel e Mariana viajaram para as bodas de ouro dos avós maternos em Boston. Voltaram contando como havia sido a festa mais badalada dos últimos anos da sociedade americana. Roberto já havia visto fotos numa revista. Haviam comparecido artistas, escritores, intelectuais e até políticos famosos.

— Conte, Mariana, como foi o jubileu de ouro dos Knight — pediu ele.

— A cerimônia foi muito bonita. Ficamos no altar com eles e depois houve uma festa muito chique, elegante demais. Acho que ficaram com medo de que eu não me vestisse como a noiva do neto... — Riu. — Os homens usaram fraque e as mulheres estavam deslumbrantes com roupas de grife famosas. Vovó Jennifer comprou um Armani para mim. Quando cheguei, meu traje estava pronto, com sapatos, bolsa e acessórios. Ela me emprestou um colar de esmeraldas. Você sabe que sou muito simples, sou filha de um fazendeiro que gosta de artes, e não me sinto bem nesses lugares.

— Eles devem ter visto como você é linda, por dentro e por fora. Têm muito dinheiro, gostam de aparecer. Veja as notícias que correram nas revistas que rodam o mundo. O que lhes falta é mais religiosidade, espiritualidade e bom senso. Se, simples do jeito que você é, chama a atenção de todos, calcule vestida de Armani! Deve ter sido a mais linda da festa.

— Vovô!!!

— Contaram sobre o casamento de vocês?

— Sim, o Dani lhes disse que queremos nos casar e morarmos com você. Falamos que gostaríamos de casar na casa da praia, como os pais dele casaram. O Dani comentou que contataria alguém da empresa, para pedir autorização. Vovô Gregory pediu o telefone, disse que conhecia a pessoa e que faria isso. No dia que retornamos, avisou que a festa, os gastos e tudo o mais seriam por conta dele. Eu disse que certamente meu pai iria compartilhar tudo isso, mas vovô Greg sugeriu que meu pai nos desse o que quisesse, pois a festa do casamento é dele. O que você acha?

— Deixe que ele gaste, Mariana, o neto é dele também. Daniel sempre disse que Gregory é pão-duro, o que sinceramente não é verdade. Ele apenas valoriza o dinheiro que sai do seu bolso.

— Eles que se entendam, não é, vovô?

— Sem dúvida. A propósito, hoje o Daniel vai comigo ao médico.

— Ele me disse. O senhor está escondendo alguma coisa?

— Não muito.

— Outro dia, ele levou para a faculdade as bulas dos seus remédios e ficou muito preocupado.

— Minha querida, a vida é um ciclo, como o casamento de vocês, as bodas dos avós maternos e tudo o mais. O meu ciclo está se fechando. Ainda vou viver, querendo Deus, para ver o casamento de vocês. Não sei se conseguirei chegar à formatura.

— Claro que vai chegar, vovô. É preciso que você esteja lá!

— Não é, não. Bem, diga para o pessoal da medicina, os amigos e amigas do Daniel e as namoradas e namorados que haverá um churrasco domingo, aqui em casa.

— Eles adoram vir aqui, vovô, mas você deveria se poupar.

— Já combinei com aquele grandão, como se chama?

— Olavo.

— Isso, ele vai se incumbir de tudo, comprar a carne, fazer o churrasco... e comer!

No consultório médico, as suspeitas de Daniel se confirmaram. Realmente os medicamentos que o avô tomava eram para os casos mais sérios de cardiopatia. Ao saírem, Daniel levou o avô para tomar um suco no bar da esquina.

— Por que você me escondeu isso?

— Não fique chateado comigo. Eu queria que você não ficasse pensando em mim. Precisa cuidar do seu curso, tem a Mariana, o casamento e agora vai começar o meu suplício. Toda hora você vai querer auferir minha pressão, fazer testes, todas essas coisas.

— Você não tem jeito, não é? Sempre me põe em primeiro lugar. Nunca passou pela sua cabeça que você está em primeiro lugar na minha vida? Sabe que eu o amo muito e que ficaria desolado se você morresse antes da minha formatura?

— Prometo viver até seu casamento. Quanto à sua formatura, já disse para Mariana que vai ser difícil. Ando lendo tanto sobre cardiologia que daqui a pouco vou dar aulas para você.

— Vovô, sem brincadeira, vou propor para o meu professor de cardiologia cuidar de você. Ele está fazendo um tratamento diferenciado e os pacientes vêm melhorando muito.

— Roberto, a cobaia, preparando-se. Daniel, somente um transplante de coração resolveria, mas na minha idade é impossível por vários motivos: idade, fila de espera e um cateterismo. O que para muitos seria simples, para mim é impossível. Imagine um transplante aos oitenta anos! Vamos esquecer isso e viver o que me resta numa boa.

— Você vai comigo fazer uma consulta com meu professor. Já que tudo está ruim, vamos ver outras alternativas.

— Se isso vai fazê-lo feliz, tudo bem, irei. Sou um velho compreensivo... — E sorriu de modo maroto.

Dois dias depois, Roberto foi para a faculdade de medicina com Daniel. O professor o esperava no hospital universitário. Examinou-o, viu todos os exames, a prescrição do médico, olhou para Roberto e perguntou:

— O senhor quer viver?

— Sim, claro, mas conheço minhas limitações, doutor. Já me afundei em todas as pesquisas da internet e da biblioteca.

— O senhor vai mudar totalmente a medicação. Isso vai fortalecer um pouco mais o coração. Vamos manter dois medicamentos. Os demais eu vou substituir, mas o senhor é consciente e sabe a verdade sobre seus problemas. É preciso muito repouso, descanso, nada de carregar peso e alimentação bem leve.

— Isso venho fazendo há dois anos. Eu pesava noventa quilos e estou com oitenta agora. Ainda bem que o rosto não ficou tão ruim — comentou.

— O senhor tem a aparência jovem, mas tem dores no peito?

— Dor mesmo, nunca tive, mas às vezes não me sinto bem. A taquicardia, quando aparece, me deixa muito preocupado. Daí tomo novamente o medicamento e descanso.

O professor virou-se para Daniel:

— Tive dois pacientes com o mesmo problema de seu avô. Se ele sentir dor, leve-o para o hospital com urgência e faça o cateterismo sem demora. Essa é a única chance que se tem para viver. Entendeu, *seu* Roberto?

Roberto olhou para o médico e em seguida para Daniel:

— É o famoso ou tudo ou nada?

— Sim — disse o médico. — Faremos isso se houver dor. Caso contrário, medicamentos normais e todo mês aqui.

— Obrigado, professor — disse Daniel.

— Acho que ainda nos veremos, doutor. Obrigado por me atender.

— Vai dar tudo certo, *seu* Roberto.

No carro, de volta para casa, Roberto olhou para Daniel e informou:

— Quando eu tiver dor, aviso.

— Vovô, você nunca foi irônico comigo. Pare com isso.

— Desculpe, não queria ser irônico. Estava apenas me divertindo. Quando você for médico, e falta pouquinho tempo para isso, nunca minta para seus pacientes. Diga a verdade. É mais fácil, para o paciente, viver com isso. Se não, fica um jogo de mentiras na família. Acontece assim: eu minto dizendo que estou bem, você finge que acredita, mas sabe a verdade, o outro vem e finge que não vê. Bobagem, meu menino, temos de ser lúcidos sempre.

— Sinto muito, vovô, seu coração está mesmo ruim. E eu não posso fazer nada.

— Não se preocupe. Meu objetivo na vida era vê-lo no caminho certo, como um homem íntegro. Já consegui isso — lágrimas discretas caíram por seu rosto.

Algum tempo atrás, Roberto pediu-lhe que o levasse ao banco. Mudou a conta para "e/ou", para que Daniel pudesse mexer nela. O neto não havia entendido o recado. Depois Roberto pediu que ele o levasse ao cartório, e Daniel, já percebendo a manobra do avô, disse que não queria ir.

— Não seja bobo, pagamos muitos impostos neste País, muitos mesmo. Se eu morrer antes de mexer nisso, vamos pagar bem menos, pode ser?

— Acho um absurdo. Você não morreu e já quer passar a casa para mim?

— Vamos fazer em vida, tudo bem? Aliás, eu já paguei as despesas.

Mariana estava perto na ocasião e fez um sinal com a cabeça, sugerindo a Daniel que concordasse. Ele ainda tentou argumentar, mas a noiva foi mais ponderada:

— Dani, leve o vovô aonde ele quiser ir. Faça sua vontade. Ele vai viver mais vinte anos e até lá não vai precisar ficar falando desse assunto.

— Sua futura esposa é mais inteligente — gracejou Roberto. — Em outras palavras, essa menina quis dizer: "Leve o velho, para ele não nos aborrecer muito!".

Os três acabaram rindo e foram para o cartório.

O casamento do jovem casal ficou praticamente nas mãos de Mariana. A cerimônia e a festa seriam realizadas na casa da praia. Uma das empresas de Gregory estava encarregada da decoração do local e da festa.

Os convites foram feitos por uma empresa americana, com texto escrito por Daniel e Mariana. Os Knight ficaram com aproximadamente duzentos convites para serem distribuídos entre os amigos de Gregory, que ofereceu a viagem para o Brasil num voo fretado de sua companhia.

Os demais convites foram distribuídos para Mariana, Daniel e suas famílias. Convidaram os amigos, principalmente os colegas da universidade e os antigos amigos que estudaram com Daniel durante os anos de formação escolar.

O primeiro convite que Daniel mandou via correio foi para o querido tio Antônio, que viria especialmente para a celebração do matrimônio.

No dia em que os convites chegaram, Mariana abriu a caixa e foi correndo levar o convite para Roberto ver. Ele ficou emocionado. Depois é que entregou um convite para Daniel, que sorriu, pois sabia quanto o avô representava para sua jovem noiva.

Em seguida, escreveram juntos o nome de Roberto e entregaram-lhe oficialmente o belíssimo convite de casamento.

Faltando apenas um mês para as bodas, Mariana separou algumas coisas no novo quarto, já que a casa havia sido pintada e Roberto insistiu em sair de seu grande dormitório e ir para o quarto menor, que havia sido reformado quando Daniel viera morar com ele.

Antes de terminar a tarefa, ela ouviu um gemido vindo da sala.

Correu até lá. Encontrou Roberto com dor no peito e imediatamente chamou a senhora que fazia a limpeza da cozinha. Ela a ajudou a colocá-lo no carro.

Mariana foi para o hospital, levando o avô, e avisou Daniel por celular. Ele ligou para o professor de cardiologia.

Chegando ao hospital, após uma série de medicamentos, a situação tornou-se extremamente séria. A única solução foi fazer um cateterismo, pois Roberto morreria numa cirurgia comum.

O cateterismo começou e Daniel recebeu permissão do professor para acompanhar o processo. Roberto permaneceu consciente. Houve momentos críticos, receio de encontrar alguma obstrução inesperada que pudesse comprometer a vida dele.

A colocação de quatro stends nas artérias coronarianas fez com que o procedimento terminasse bem. Roberto foi levado em seguida para a UTI. O professor foi muito claro quando lhe disse:

— Você vai ficar bem, vovô. Poderá assistir à cerimônia de casamento do seu neto. Agora descanse. — Em seguida virou-se para Daniel, sorriu e assegurou: — Ele estará no seu casamento, garanto.

Daniel olhou para o professor e entendeu a frase. O importante é que ele estava ali, salvo. O destino faria o restante.

Roberto ficou quatro dias na UTI e depois foi para o quarto. Ficou mais três dias lá e finalmente voltou para casa. Estava feliz. Agradeceu a Deus por se sentir bem e por poder ir ao casamento de Daniel e Mariana.

Por sua vez, Mariana levou sua irmã, Celina, para ajudar nos afazeres do casamento, uma vez que ela não queria deixar o avô sozinho no hospital.

Tudo correu tranquilamente, uma vez que Mariana decidiu com Daniel que a empresa que Gregory contratara iria se encarregar de tudo. Distribuíram os convites, verificaram os aluguéis dos fraques para Daniel e Roberto e o vestido de noiva, já guardado para ser o complemento da beleza de Mariana.

Aguardavam o tio padre, que chegaria dois dias antes do casamento, e os avós que viriam de Boston e ficariam, como sempre, num flat nos Jardins, que eles mantinham em São Paulo.

Roberto começou sua recuperação. Ficava mais no quarto, vendo televisão ou lendo. A mãe de Mariana enviou uma das empregadas para ajudar nas tarefas da casa. Ela cozinhava bem e fazia os demais trabalhos, uma vez que dona Catarina, que os ajudava, havia se afastado por motivo de saúde.

Pela primeira vez na vida havia mais gente ajudando do que moradores na casa. Mariana, tranquila e sempre sorrindo, ajudava em tudo. Daniel mal parava ali, por causa dos estudos. Chegava tarde, na hora de dormir, e raramente era possível vê-lo. Mas sempre entrava no quarto do avô, falava com ele, procurava saber como estava, checava os remédios, auferia a pressão, cuidava dele.

Num desses dias, Roberto comentou, brincando:

— Eu falei que um cuidaria do outro, mas na realidade você sempre cuidou do velhinho.

— Você cuidou tanto de mim a vida inteira... Agora me deixe cuidar um pouquinho de você, vovô.

— Claro que deixo, filho.

— Vovô, vou faltar uma semana na faculdade, quer dizer, na realidade serão quatro dias, pois os outros serão um feriado e um fim de semana. Vou ficar oito dias fora, em lua de mel. Pedimos para a empregada da mãe da Mariana ficar aqui com você. Qualquer coisa, ela chama um dos rapazes que estudam comigo e eles vêm correndo aqui, pode ser?

— Claro que sim. Gostaria de dizer que ficaria bem sozinho, mas sei que você não vai querer. Essa moça, como se chama ela?

— Dora.

— Dora cozinha direitinho, atende telefone, fala com muita segurança. Gostei dela. Acho ótimo ela ficar aqui e o André é o amigo em quem mais confio. Converso sempre com ele e acho que se eu precisar de alguma coisa posso confiar nele.

— Engraçado, o André não tem avô e gosta muito de você. Empresto você para ele, mas é somente por uma semana. Tenho ciúmes de você.

— Ciúmes do avô velhinho?

— Então vou pedir para o André todo dia auferir sua pressão, as coisas que eu faço. Pode ser, vovô?

— Diga para ele vir na hora do almoço. Ele me vê e almoçamos juntos.

— Vovô, ele vai ficar contente. Leu *O gato azul* e disse que você é o avô que ele queria que tivesse lhe contado histórias.

— Desfaça o mito, diga que seu avô é um chato. Ah, faça um favor: passe na igreja. Mariana ligou, mas acho que a secretária esqueceu de dar o recado. Não tenho ido à missa e quero ver se vou no próximo domingo. Como hoje é segunda e nunca fiquei tanto tempo sem comungar, peça para um dos ministros me trazer a comunhão, pode ser?

— Claro, vovô, passo lá agora e peço. Fique sossegado, leia seu jornal e a revista que chegou. Tudo bem?

— Um bom dia para você, Daniel. Agora vá dormir, ou amanhã chegará atrasado porque o avô recauchutou o coração.

Alguns dias depois, Roberto estava se sentindo muito bem, saía pelo quarteirão, dava suas voltas, mas se cansava com mais facilidade do que o normal. Fingia que não era nada, voltava, deitava, almoçava, fazia suas leituras, via televisão, esperava Mariana chegar da faculdade, conversava com Celina e Dora quando achava que não ia atrapalhar as duas mulheres, pois uma estava sempre voltada para atender pessoas que traziam presentes, sair para pagamentos, compras, e a outra mais na cozinha, passando roupas, lavando.

Seu quarto agora era aquele que tinha pertencido a Daniel. Havia ficado muito bom. Roberto pediu que trocassem uma janela que vivia encrencada. Isso trouxe mais claridade para o quarto. Ele colocou sua poltrona num local onde pudesse ler, ver televisão e se sentir muito confortável.

Dora sempre ia perguntar-lhe se queria um suco. Às vezes, mesmo sem perguntar, ela levava alguma coisa para comer ou beber. Roberto sentia-se muito bem tratado e feliz. Quando Mariana chegava, sentia um prazer imenso no coração. Ela sentava aos pés do avô e carinhosamente contava como tinha sido sua manhã.

Os dois confabulavam sobre a exposição que tinha sido adiada por tantas vezes e que finalmente deveria acontecer depois do casamento.

— Vovô, os quadros estão prontos. Eu me formo agora e em seguida já faço minha primeira exposição. Não é maravilhoso? Devo a você, obrigada.

— É coisa demais, minha filha, casamento, lua de mel e depois a exposição, tudo em três meses! Depois é começar a batalhar. A editora do nosso livrinho disse que queria contratá-la para fazer ilustrações dos livros infantis. Como é que está o andamento disso?

— Ficou combinado que eu voltaria lá depois da formatura. Se der certo, já tenho emprego, vovô. Se não fosse seu livro, eu não teria nada disso.

— *Nosso* livro. E ele só tem uma coisa boa: suas ilustrações. Isso vai abrir um campo para você. As coisas são muito demoradas, mas aos poucos acabam chegando. Aqui, levamos anos para receber um prêmio, mas no fim dá certo.

— Vovô, fico preocupada com você. Nessa confusão toda, gente para lá, gente para cá... Isso não o está incomodando?

— Está tudo ótimo.

Mariana saiu e Roberto pensou, pela primeira vez, no seu velho sonho, que era ver Daniel formado, recebendo seu diploma, enquanto ele assistia a tudo, sentado ao lado de Mariana. Quem sabe até um bebezinho estivesse no colo dela... Depois ele caminhava, caminhava e ia encontrar os que se foram e estão com Deus.

Mas, sentia, percebia e era evidente que ali estaria por pouco tempo. O suficiente para sentir que, quando partisse, teria visto quase tudo o que sonhara para o neto.

A depressão que sempre sentira, desde a morte de Stella, foi tratada por ele com uma força descomunal, para que Daniel pudesse viver ao seu lado. Combateu a depressão com uma única arma, o amor incondicional ao neto. Fez do menino seu motivo para viver e havia conseguido o que sonhara. Sem que ninguém notasse, doou o que tinha de melhor para Daniel, que agora era um adulto sério e maduro. Tivera uma vida difícil por causa da falta dos pais. Só quem não os tem pode entender o que significa viver sem eles.

"Deus, como é bom ter fé!", Roberto pensava todos os dias. A certeza de saber que encontraria sua família no paraíso lhe dava um querer mágico de ainda lutar para viver no dia seguinte.

Tivera uma vida maravilhosa e agradecia a Deus por tudo. Em nenhum momento reclamara. Chorara muito, sentira muito, se entristecera demais, mas sua fé inabalável jamais deixou de existir.

Pedia a Deus perdão por tê-Lo ofendido várias vezes, mesmo que indiretamente não quisesse fazer isso, principalmente pelos pais de Júlia. Na verdade, jamais pusera o neto contra os avós. Ao contrário, incentivava-o a gostar deles. Tantos anos depois, e obrigados pela convivência a ver-se, entendia melhor o casal e sentia apenas que fora uma pena não ter sido amigo de Gregory. Afinal, eram avós do mesmo neto.

22. Dia do perdão

Dois dias antes do casamento, os parentes de Mariana já haviam chegado e estavam hospedados em diversos hotéis. Gregory e Jennifer já se encontravam no flat. Apenas padre Antônio não aparecera ainda. Ele chegaria na véspera, por motivos relacionados com a universidade. Mariana achou que seria bom fazer uma reunião com todos na véspera do casamento, incluindo Antônio e, na antevéspera, convidou apenas os avós Gregory e Jennifer para jantar com eles e com Roberto.

Gregory e Jennifer entraram na casa de Roberto e encontraram um ambiente totalmente diferente da última vez que lá estiveram. A casa fora redecorada com cores bem alegres e tinha um ar jovial. Os móveis, as cortinas, tudo estava mudado. Via-se que a casa do avô virara a casa do neto.

Encontraram Roberto bem de saúde, alegre em recebê-los. Daniel chegou atrasado por causa da faculdade e recebeu os avós maternos com muita alegria.

Naquela noite foi servido um jantar que os Knight estavam acostumados a comer, segundo Daniel, que sugerira o cardápio. Mariana pediu para Dora caprichar em tudo e ela realmente fez uma belíssima ceia, nos padrões da culinária americana.

Os Knight elogiaram os pratos e cumprimentaram Dora pelo capricho. Depois quiseram ver o quarto dos noivos. O aposento, como a casa inteira, agora tinham o jeito de Mariana e Daniel. Era uma bela casa, construída numa época em que Roberto ganhava um bom salário e economizava muito. Os dois estavam orgulhosos de seu lar.

Roberto foi para seu quarto enquanto os demais admiravam a suíte do casal. Deixou a porta aberta e sentou-se na poltrona. Gregory, que não era dado a fazer muitos comentários daquilo que lhe parecia vulgar ou muito simples, disse alguma frase de efeito, saiu de perto dos noivos e da esposa e foi até o dormitório de Roberto.

Entrou como se estivesse pedindo licença e perguntou se poderiam conversar um pouco.

— Claro que sim, sr. Knight. Sente-se aqui. — Roberto levantou-se da poltrona e ofereceu-a a ele.

Gregory foi extremamente educado e fez um gesto carinhoso para que ele voltasse a sentar no lugar onde estava.

— Por favor, prefiro sentar na cadeira da escrivaninha. É melhor para mim.

Em seguida, antes de sentar, fechou delicadamente a porta do quarto.

— Posso fechá-la? Quero conversar com o senhor sem ninguém nos ouvir.

— Fique à vontade — disse Roberto, sem entender o que Gregory queria.

— A partir de hoje posso chamá-lo de Roberto e você pode me chamar de Gregory?

— Se é isso que deseja, claro que sim.

— Bem, Roberto, para mim algumas coisas são difíceis de dizer, eu às vezes me sinto culpado por não ter nascido pobre. Já nasci rico e talvez isso tenha me impedido de entender o que seja a ascensão social de uma pessoa ou a felicidade de outra, ou quando um filho ganha de um pai um par de patins no Natal e ambos ficam imensamente felizes com isso. Eu queria sentir essa felicidade por pequenas coisas e nunca consegui... até que o conheci. Eu o esperava para minhas bodas de ouro, mandei o convite, a passagem e preparei tudo para recebê-lo em minha casa porque queria lhe pedir perdão por uma série de coisas, inclusive por você ter-me ensinado esses valores, com os quais nunca comunguei.

— Você está falando isso porque não estou bem de saúde?

— Não, e espero que você fique muito bem. Sou eu que não quero morrer sem falar o que sinto.

— Desculpe. Continue, por favor.

— Fui a pior pessoa do mundo quando você me ofereceu sua amizade e eu a reneguei. Perdi o que teria sido, talvez, meu maior amigo na vida. Acho que nunca é tarde para pedir desculpas. Posso pedir que reconsidere isso e me ofereça a sua amizade novamente, para que eu possa aceitá-la?

— Gregory... Bem, é estranho chamá-lo assim, mas é bom. Abandonamos o sr. Knight, o poderoso, e aceitamos Gregory, o humilde. Eu sou seu amigo. É que você não sabia disso. Mas está sabendo agora. Apesar de não ter aceitado minha amizade, continuei seu amigo. Afinal, somos avós do mesmo neto.

Gregory levantou-se, cumprimentou Roberto e voltou a sentar-se.

— Obrigado. Você é um homem de sentimentos generosos. Mas eu ainda não acabei de pedir perdão.

— Bem, vamos lá com o muro das lamentações, Gregory... — Roberto riu discretamente. — Continue. Agora fiquei curioso.

— Quando eu via você fazer coisas para Daniel, como festinhas com palhaços, pensava que você era muito cafona. Só com o tempo passei a entender que você nunca fez nada para si mesmo. Tudo era para Daniel ou para outras pessoas. Sua preocupação era apresentar algo de que todos gostassem, fosse cafona ou não. Era sua maneira de conduzir o espetáculo com amor, com simplicidade e com o coração. Esses ensinamentos me tocavam muito. Como alguém podia ser tão desprendido de tudo?

— Você tem razão: eram festinhas cafonas. Às vezes eu dizia para mim mesmo, em silêncio: "Coitados do Gregory e da Jennifer, vieram dos Estados Unidos para uma festinha de criança e Daniel escolheu um palhaço da moda. O que será que vão pensar? Paciência, se tivessem feito a festa em Boston, contratariam o pessoal de Hollywood ou da Broadway". Se alguém tem de pedir perdão, sou eu, pela simplicidade dos meus gestos. Sempre achei essas coisas meio cafonas.

— Não, Roberto, você fazia o certo. É essa pureza que as pessoas amam em você, é saber contar a história e muito bem. Eu li *O gato azul*, tenho uma participação numa editora em Nova York e já pedi para comprar os direitos para os Estados Unidos. O livro que você e Mariana produziram é lindo. Ele me fez ver, mais uma vez, quanto você é diferente. O gato azul é você, meu amigo.

— Não sou o gato azul, jamais fiz sucesso na vida. O gato azul é apenas um ser diferente que tem qualidades que nem todos podem ver. Mas só foi feliz quando encontrou alguém como ele.

— A busca da felicidade é difícil e nós sabemos disso. Para mim, o gato azul é você, que canta em vez de miar, que é triste mas sabe amar, que perdoou aqueles que nunca o entenderam, que fez sucesso. O jazz não é um ritmo de que todos gostam, mas mesmo assim os fãs aplaudem com entusiasmo os que sabem tocá-lo ou cantá-lo. Parabéns. Aos oitenta anos você deu uma lição para o mundo. Espero que faça sucesso essa pequenina grande herança que você deixou como lição para o nosso neto, e que muitos avós saibam contar para os netinhos a história do gato azul.

— Você está envelhecendo, Gregory! — Roberto riu com gosto. — Lendo um livro para crianças e filosofando em cima dele! Deixe disso. Aos oitenta anos a gente vira criança de novo e Mariana é a culpada por me levar a escrever o livro.

— Mariana é meiga como Daniel. Nasceram um para o outro, como diz minha esposa. Você nos deu uma lição de vida com o livro. Tenho a intuição de que ele fará sucesso nos Estados Unidos, e você me deu a ideia de vender o gato azul em chaveiros, canecas, bandeiras, brinquedos e em todos os lugares, sem perder a pureza.

— Meu Deus, devo ter feito algo terrível! Nunca imaginei que minha história do gato azul fosse tão complexa, meu amigo americano. Você vai dizer mais alguma coisa para me deixar totalmente sem graça?

— Vou dizer sim, meu amigo. Mas não sei se você vai me perdoar. Será o grande perdão! Se não puder fazer isso, entenderei. Acho que você vai ficar muito zangado... E, como teve um problemão no coração, já nem sei se devo falar.

— Gregory, seja o que for, você vai falar, nem que eu fique zangado. Meu coração tem quatro *stends* e está ótimo. Fale.

— Bem, fiquei muito chateado quando perdi a tutela de Daniel. Você lutou com tudo o que tinha, toda a economia da sua vida, e ainda precisou vender a casa da praia. Se morasse nos Estados Unidos, teria direito a uma enorme indenização por tudo que lhe fiz sofrer. Sei, porém, que isso jamais passaria por sua cabeça. Você queria educar Daniel para que eu não fizesse com ele o que acabei fazendo com Júlia. Deus sabe quanto me arrependo por não ter aceitado o casamento dela com seu filho. Só Deus sabe quanto sofri calado esses anos todos, para dizer que sempre estive errado e que jamais me perdoarei por isso. Li o diário de Júlia. Daniel me deu uma cópia. Vi quanto ela foi feliz com vocês. Eu poderia ter participado dessa felicidade quando você praticamente me implorou que fosse ao casamento de minha filha. Eu, infelizmente, pensei apenas na fusão das empresas. De toda maneira, eu teria passado os últimos anos de minha filha ao lado dela. Jamais me perdoarei por isso. Eu a tornei infeliz com meu egoísmo, queria que o pretendente dela fosse o presidente das empresas para que eu pudesse viajar muito, aproveitar a vida. Acabei pagando o preço que impus a mim mesmo.

— Gregory, Deus já o perdoou, Júlia e Cláudio o perdoaram. Tente se perdoar também.

As lágrimas inundaram o rosto de Gregory, mas, como era de seu feitio ser durão consigo mesmo, ele foi em frente:

— Bem, eu estava dizendo que fiquei chateado ao perder a tutela e acabei falando de Júlia, tão linda... Olho para Mariana e me lembro dela. Interessante, não é?

— Sim, muito. Ela lembra Júlia.

— Bem, daí fiquei bravo com você, muito bravo. Davi acabou com Golias e resolvi me vingar. Eu queria vê-lo sofrer um pouco, mas o que poderia fazer contra você? Nada. Eu já o admirava muito, pela luta que mantinha para ficar com Daniel. Fiz a única coisa que eu poderia fazer. Comprei sua casa da praia e você nunca ficou sabendo que eu era o novo proprietário.

— Você comprou a casa da praia? Sério?

— Sim, comprei e deixei guardada para dar de presente para Daniel, que ama tanto aquele lugar. Como vê, eu sempre o instigava, queria que você brigasse comigo, para vê-lo sofrer. Mas você sempre dizia que nosso neto valia muito mais do que a casa.

— Obrigado, Gregory, obrigado de coração por você ter comprado a casa. Meu Deus, esse seu gesto foi magnífico, sublime!

— Comprei porque estava com raiva de você...

— Ainda bem que teve raiva. Não importa, você comprou a casa e a guardou para Daniel. É como dar uma joia de família. Obrigado, de coração. Vê como o dinheiro pode ser importante em certos casos?? Sem ele, você não teria feito isso. Agradeço a seu pai, bisavô de nosso neto, que ficou rico e teve um filho como você.

— Você não está sendo irônico comigo?

— Posso até ter dado, sem querer, um tom irônico ao que acabei de falar. No entanto, é maravilhoso o que você contou. A casa da praia é...

— ...nosso presente de casamento para Daniel e Mariana. Olhe — tirou do paletó um envelope retangular —, aqui está no nome dele, registrado em cartório. É o novo dono da casa da praia.

— Peça-lhes que venham aqui...

Gregory levantou-se e foi chamá-los. Os três ficaram olhando para os dois avôs, que estavam emocionados por algum motivo, e eles não atinavam o que poderia ser.

Gregory olhou para Roberto e disse:

— Conta você ou conto eu?

Roberto olhou para Jennifer e perguntou:

— A senhora sabe do presente deles?

Jennifer fez que sim com um gesto de cabeça e sorriu.

— Então, por favor, conte-lhes.

Gregory pegou o envelope e o colocou nas mãos de Jennifer, que o entregou a Daniel.

— Querido, esse é nosso presente de casamento para vocês dois. Esperamos que gostem. Na realidade, precisávamos de um motivo para dizer quanto o amamos. Seu avô Roberto soube educá-lo muito bem e dirigir seus passos para a vida. Eu e Gregory também ficamos a seu lado. Não fomos os avós que gostaríamos de ter sido, mas aqueles que conseguimos ser.

Daniel pegou o envelope e percebeu que o papel em seu interior era maior do que um cheque. Abriu e leu, quase sem acreditar no que via.

— É a escritura da casa da praia?

— Sim, é. Está em seu nome — disse Gregory.

— Você comprou a casa quando o vovô a vendeu?

— Sim, e a guardei para você.

Roberto interveio:

— Daniel, Gregory está lhe dando o mais lindo presente que você já ganhou. Abrace seu avô e agradeça. Lá você poderá criar seus filhos, ter momentos de paz, de alegria e de festas. Não pergunte nada, apenas agradeça.

— Foram anos de angústia por causa da casa da praia, vovô Gregory, e você nunca disse nada?

— Acabei de pedir perdão para seu avô e ele me perdoou, agradecendo a casa em seu nome. A joia da família está de volta para a família. Perdoe-me você também. Sabe, Roberto é o ser humano mais espiritualizado e elevado que encontrei na vida.

Daniel ficou meio confuso com tudo aquilo e até teve vontade de discutir com Gregory. Afinal, a casa representou tanto na sua vida, na vida de Roberto, e ficara escondida, em segredo, pelo avô materno. Aquela história não tinha sentido. Gregory humilhara Roberto. Tudo era tão sem nexo e tão sofrido que, mesmo recebendo a casa como presente, ele ainda tinha dor no coração, porque sabia quanto o avô materno magoara Roberto durante anos por causa disso. Teve vontade de devolver o envelope. Olhou para Roberto, que sorria para ele e depois para Gregory. Então, pela primeira vez na vida, viu que Gregory havia chorado e que as lágrimas ainda brilhavam em seus olhos. Acabou refletindo e concluiu que naquele momento o caminho do perdão era maior do que falar alguma coisa. Olhou para Mariana, que, entendendo o amado, fez que sim com a cabeça. Abraçou os avós maternos e depois Roberto.

Não conseguiu dizer nada, mas Roberto agradeceu por ele:

— Daniel está emocionado e agradece o presente, Gregory.

Ele sabia que chamá-lo de Gregory solidificava o perdão e a amizade entre ambos. Daniel colocou o envelope em cima da escrivaninha do avô. Mariana foi buscar champanhe para brindar ao momento.

Roberto tomou um gole da bebida e brindou:

— Obrigado, meu Deus, obrigado por esse momento, pela amizade do Gregory e da sra. Jennifer, pela casa que vocês acabaram de ganhar e pelo casamento! — E sorriu, entre lágrimas, para o jovem casal.

23. Cada um no seu caminho e o sol para todos...

No dia seguinte, Roberto e Daniel foram buscar Antônio no aeroporto. Ambos estavam muito felizes com a chegada dele. Daniel sentia pelo tio uma afeição muito grande. Todas as vezes que precisava de um conselho, era com ele que se comunicava. Viam-se virtualmente e conversavam.

Os três foram para a casa, conversando no carro, e logo chegaram para o café da manhã. Mariana também gostava imensamente de Antônio, que, além de ser bom por natureza, sempre irradiava uma alegria que fazia com que todos que estivessem próximos partilhassem o mesmo sentimento.

Em seguida, Daniel saiu para ir à faculdade e prometeu voltar mais cedo. Afinal, o casamento seria no dia seguinte e ele queria muito conversar pessoalmente com o tio padre.

Antônio descansou um pouco, tomou banho e depois foi até o quarto de Roberto, que estava sentado na poltrona, lendo um livro. Trocaram perguntas e depois Antônio perguntou como o irmão se sentia de verdade.

— Sem embromação — avisou.

— Estou me sentindo bem. Tomo muitos medicamentos e tenho tido muito sono, mas estou bem. Preciso me confessar. Pode ser com você?

— Sim, pode, mas o que tem para confessar?

— Estou morrendo, Antônio, e preciso que me dê a unção dos enfermos. Sinto que Deus está sendo generoso demais em me deixar ver o casamento de Daniel e Mariana, mas acho que isso não passa de uma breve prorrogação.

— Por que acha que vai morrer? Fez o cateterismo, colocou os *stends*... Deu tudo certo, não deu? Você está bem e com aparência ótima, melhor ainda de quando estive aqui pela última vez.

— A aparência sempre foi boa. Nosso pai era um touro de jovialidade, daqueles que levantam o carro para alguém trocar pneu. E sempre com a aparência jovem! — Não pôde evitar de rir da própria piada.

— Quando papai se casou com minha mãe, ela estava com menos de vinte anos. E ele já era um senhor.

— Era um garanhão, isso sim... Mas não herdamos esse gene, não é?

— Não, tenha certeza. Realmente, quer confessar?

— Sim, quero. Quero pedir perdão a Deus pelas coisas erradas que fiz na vida. Quando fui aposentado, fiquei revoltado com tudo e com todos. Nunca roubei, nem matei, sempre fui à missa... Menos depois do infarto. Acho que meu maior pecado foi não ter sido tão caridoso como deveria ser. Antes de cuidar de Daniel, eu ajudava na comunidade, ministrava curso de noivos, sempre dei esmolas na rua, mas acho que me faltou mais caridade.

— Pelo que ouvi, você sempre foi caridoso. Foi inclusive ministro da eucaristia, visitava os pobres, ia a hospitais ver os doentes. O que queria mais?

— Deixei de ser ministro da eucaristia quando Stella morreu. Ela me incentivava muito e entrei em depressão quando a perdi. Creio que nunca deixei de ser depressivo, mas lutei muito para me levantar quando Daniel veio viver comigo. Atualmente meu problema é físico, pois vivo cansado demais. Cada vez que me deito, acho que vou dormir para sempre. Ando até vendo coisas estranhas. Outro dia, achei que Stella falava comigo. Depois foi o Cláudio. E ontem, depois que os Knight estiveram aqui, senti Júlia perto de mim, como se ela estivesse quase tocando minha mão, como se quisesse me ajudar.

— Todo mundo que fica doente acha isso. Você viu rostos?

— Não, ainda não estou doido, pode ter certeza. Senti-os perto de mim. Em outras palavras, estou voltando para a casa de Deus, se ele achar que mereço. Tenho torcida lá no alto.

— Bem, se você não for para lá, quem irá? Vou dar-lhe a unção, como me pediu. Vou absolvê-lo de seus pecados, mas sinceramente acho um pouco de exagero seu pedido de perdão. Mariana me contou que finalmente se tornou amigo do sr. Knight.

— Sim, ele veio me pedir perdão. Não tenho nada a perdoar, uma vez que também disse algumas vezes o que ele não queria ouvir. Gregory sempre me provocou muito, mas era apenas ciúme de Daniel. Agora, no fim da minha vida, nos tornamos amigos. Antes assim.

— Fico contente que tudo tenha terminado bem entre vocês, dois velhos teimosos. No final, entendemos que estavam brigando pelo neto.

— Naquele momento foi necessário lutar pelo menino. Foi o melhor que fiz na vida. Cuidar de Daniel foi minha maior alegria, meu motivo para viver. Nunca neguei isso. E você, meu irmão, foi a melhor surpresa de minha vida. Foi como se de repente eu soubesse que tinha um filho!

— Vejo-o como pai, não como irmão, porque nossa diferença de idade é muito grande. Eu ainda sou bem jovem.

— Mas que convencido! — Roberto riu deliciosamente. Afinal, era verdade.

Riram bastante, e depois Roberto recebeu a unção.

No dia do casamento, Daniel e Mariana foram cedo para a casa da praia. Levaram as roupas para usar na celebração. Embarcariam em lua de mel somente na manhã seguinte. De madrugada, deveriam voltar para São Paulo, pegar as malas e ir para o aeroporto.

André, o melhor amigo de Daniel, havia se incumbido de ajudá-los.

Antônio dirigiu o carro para a casa da praia, com Roberto como companhia. Conversaram bastante e o padre avisou que ficaria alguns dias em São Paulo e que também iria ao Rio de Janeiro, fazer uma palestra.

Roberto entendeu que ele arranjara tudo isso para lhe fazer companhia. Ficou feliz por passarem uns dias juntos e pensou, provavelmente, que seriam os últimos que estaria com o irmão.

Não falou mais em morrer. Havia decidido que não tocaria mais no assunto. Conversaram sobre política, religião, arte e sobre a vida de cada um.

Quando chegaram à casa da praia, para ver como estavam os preparativos, Roberto pensou que tivesse errado de endereço. Tudo havia sido restaurado, reformado ou trocado com um bom gosto impecável. Do lado oposto ao jardim, uma tenda enorme foi montada como capela. Um altar, respeitando o mar como plano de fundo, estava preparado.

O cenário parecia um cantinho do paraíso. Espelhos, vidros, flores, cadeiras haviam transformado a tenda numa capela. Não faltou nem um lustre suspenso por fios, que certamente seria aceso na ocasião, além de holofotes que iluminariam aquele canto como se o sol aparecesse durante a noite.

Mariana e Daniel vieram ao encontro deles.

— A casa está linda, não está, vovô?

— Sim, Mariana, linda, impecável e branca. A casa sempre foi pintada de branco e durante anos a cor desapareceu. A madeira foi restaurada, tudo ficou maravilhoso.

— Venha ver por dentro, vovô. Vai ver a diferença agora.

— Depois, Mariana.

— Não, vovô, agora. Depois vou ter de me arrumar. Venha, tio Antônio.

Os quatro entraram na casa. Havia sido toda reformada: banheiros, cozinha, móveis, estofados, lustres. Agora a morada cintilava, bela e moderna. Parecia a história da fênix, que tinha renascido das cinzas; era a mesma, mas refeita.

Daniel olhou para o avô e carinhosamente disse:

— Quando fiquei sabendo que vovô Gregory tinha comprado a casa, fiquei muito chateado. Pensei naquele momento em como você devia ter se sentido com o que ele lhe fez na ocasião. Na hora, somente aceitei o presente porque você me olhou, aprovando a atitude do vovô. Como foi isso?

— Agradeci ao Gregory por ter comprado a casa. Eu nunca soube disso. Agradeci o presente que ele deu para vocês dois. Greg fez isso por ter perdido a ação da sua tutela. Achou que comprar a casa fosse uma vingança contra mim. Ele foi magnânimo em agir assim, não importa o motivo. Guardou a casa como uma joia. Para ele, isso não é nada, mas entendeu que ela significa muito para você.

— Quando entramos aqui, ficamos surpresos — disse Daniel. — Isso parece um pedaço do paraíso, ainda mais nesse dia bonito. Meu coração ainda estava meio bloqueado, meio chateado, mas, quando entramos, vimos quanto vovô Greg queria que fôssemos felizes, que nos sentíssemos bem. Encontramos uma carta que ele e vovó Jennifer escreveram e entendemos que, apesar de todo o dinheiro que eles têm, existe também em seus corações amor por mim, por você, por Mariana e por tio Antônio. Fiquei comovido com a carta, que é um pedido de desculpas por ele ter guardado esse cantinho para um dia me presentear. Fico me questionando se tudo o que fizeram por mim foi certo.

— Quando amamos alguém — disse Antônio —, queremos fazer a sua felicidade também. Dar significa amar. Eles não souberam dar amor como gostariam, pois na cabeça deles funciona o sentido mais material. Dando essa casa para vocês, mostram quanto os amam, porque é assim que eles entendem o amor. Roberto deu o coração e eles dão coisas. Não significa que amam menos, mas é a maneira de demonstrar. O remorso de nunca terem aceitado o matrimônio de Cláudio e Júlia os faz sofrer. Calcule como o coração de cada um deles doeu esses anos todos. Aceite a casa como prova do amor de seus avós maternos. Assim, ela fará bem a vocês e a eles, que sentirão quanto de amor vocês têm e quanto os amam. O coração é assim. Há amores incondicionais e há outros tipos de amor.

— Tio, você acha que tudo bem, então?

— Sim. Como disse Roberto, que bom que ele guardou esse presente para vocês.

— Sendo assim, aqui será o nosso lar, lar de todos nós. Poderemos um dia ter outras casas, outros lugares na vida, mas é aqui que sempre viremos buscar nossas forças e nossos sonhos, mesmo os escondidos. Nunca deixaremos de vir aqui.

Mariana olhou para os três:

— Aqui ficamos noivos, ali na prainha; aqui vamos casar. — Olhando para Daniel: — Aqui você foi feliz e fez a primeira comunhão. Seus avós viveram nesta casa com seu pai, que se casou com sua mãe aqui. Hoje nós nos casaremos nesse lugar.

Abraçaram-se, felizes.

O perdão é o ato mais elevado do ser humano, mas ao mesmo tempo o mais complexo, pois, para que o perdão seja total, é necessário se despedir de velhos sentimentos que só fazem mal. Naquele instante, se existisse ainda alguma coisa a perdoar, foi como cinzas para o espaço. O maior mérito do ser humano é perdoar o outro. Nada justifica o ódio que podemos alimentar. Nossa alma tem de estar sempre aberta ao perdão ou nunca descansaremos, nem na Terra nem junto dos anjos e de nossos antepassados.

A cerimônia estava prestes a começar.

A tarde caía, linda, e mais uma vez a casa da praia se preparava para um casamento, com parentes, convidados e amigos reunidos. Um conjunto musical jovem, colegas e amigos dos noivos, criava uma atmosfera de frescor e alegria ao enlace.

Palavras maravilhosas voavam pelo ar. Emoções cintilavam como estrelas na abóboda do céu.

Quando a cerimônia religiosa terminou, em poucos minutos o cenário mudou. Rapidamente virou um local com mesas, como se um salão de festa à beira-mar houvesse nascido naquele instante.

A felicidade era muito grande. Os colegas de medicina de Daniel e os de belas artes de Mariana animavam a festa. Dançavam, cantavam, brincavam e corriam pela prainha. O tempo foi camarada. Ameaçou chuva, transformou-a num chuvisco e a despachou. A lua acabou aparecendo, iluminando ainda mais o jardim.

Roberto sentia-se feliz e exausto, mas fingia estar bem.

Antônio era o centro das atenções: todos queriam falar com ele. Dominando o português com uma desenvoltura ímpar e com sua capacidade de raciocínio fantástica, brincava com todos, contava piadas, fazia com que a atmosfera fosse muito agradável.

Pela primeira na vez na vida, Gregory e Jennifer doaram-se à festa. Como nunca, caminharam entre os convidados, agradecendo a presença de todos.

Não faltou nada. Tudo se mostrou impecável. Às três horas da manhã, o casalzinho se despediu e viajou para São Paulo com André, que os levaria até o aeroporto.

Os convidados, Roberto e Antônio despediram-se dos recém-casados, vendo-os partir para a lua de mel. Em seguida, foram dormir no apartamento. Pode-se dizer que dormiram o sono dos justos.

No dia seguinte, voltaram para a casa e encontraram tudo em ordem. As pessoas contratadas arrumaram tudo, deixando o local limpinho e novo.

Os dois sentaram-se no alpendre e deixaram o sol aquecê-los, conversando e olhando o mar.

— Não se esqueça do que lhe pedi — disse Roberto. — Por favor, me represente na formatura de Daniel.

— Prometi e farei — concordou Antônio, sorrindo e voltando a olhar o mar.

Pouco depois Gregory e Jennifer apareceram e sentaram-se ao lado dos dois.

— Dormimos num hotel a vinte minutos daqui. Todos os convidados lá estão e tomamos café com eles. Adoraram o casamento — comentou o americano.

— Obrigado, Gregory. Foi um belo presente para nossos netos.

— Vim me despedir. Voltamos para os Estados Unidos logo depois do almoço. Roberto, venha conosco. Fique um pouco em Boston.

— Obrigado, mas qualquer viagem mais longa do que de São Paulo até aqui me cansa. Aguardarei seu retorno.

— Estou sempre aqui, em função de meus negócios no Brasil. Nós nos veremos quando eu voltar para seu País.

— Roberto, obrigada por ter cuidado tão bem de nosso neto. — agradeceu Jennifer. — Obrigada, padre Antônio, pela amizade e por tudo que tem feito.

— Sra. Knight, é sempre um prazer vê-la, sempre muito discreta e elegante.

— Antônio — disse Gregory —, tenho negócios na Itália e vi seu pedido para uma das aldeias da Sicília, que vem passando por muitas privações. Enviei um e-mail para um dos diretores de minhas empresas lá, para cooperar no que for possível. Ele se chama Luigi Tonazzi e vai entrar em contato com você.

— Obrigado, muito obrigado. A chuva estragou a plantação da cidade e eles precisam de ajuda. Agradeço o que fizerem por eles.

Os Knight se despediram e voltaram para os Estados Unidos.

Roberto e Antônio ficaram mais dois dias no litoral, dessa vez na casa da praia. Em seguida Antônio viajou para a Itália. Um dia depois Daniel e Mariana voltaram da rápida lua de mel, prontos para as aulas.

O tempo passou e, quase três meses depois, Mariana foi levar o café para o avô.

— Bom dia, vovô. Como está?

— Bem. Levantei e tomei banho. Levei meia hora, pois ando muito lento.

— Mas você faz tudo certinho. Fique em repouso hoje.

— Quando será a exposição?

— Ah, vovô, todo dia você me pergunta isso. Ainda faltam quinze dias.

— Vai ser muito linda e todos vão gostar, com certeza. Você vai ser uma grande ilustradora e uma pintora de sucesso.

— Não exagere, vovô.

— Você sabe que é boa.

— Será? Vamos aguardar.

Na hora do almoço, Daniel chegou e foi ver o avô.

— Sem apetite de novo? Deixe-me auscultar seu coração e sua pressão.

Depois de examiná-lo, ele olhou sério para o avô. Queria dar-lhe um abraço, mas deu um sorriso.

— Vovô, liguei para meu professor e ele quer vê-lo no consultório amanhã.

— Nós sabemos que não adianta, meu querido neto. A máquina do vovô está falhando mais e mais a cada dia. Se ela parar é porque chegou a hora. Vá para a faculdade.

— Tome todos os remédios. Ele aumentou a dose de um medicamento. Você vai ficar mais animado.

— Certo. Pior se me der vontade de dançar! — ironizou Roberto, rindo.

— Mariana está aqui e a empregada também. Deixe a porta aberta. Há um sininho aqui. Se precisar de alguma coisa, toque-o.

— Muito chique.

— Não estou brincando, vovô. Amanhã vamos para o consultório. Depois, se for preciso, faremos alguns exames no hospital.

— Correto.

— Vovô teimoso, eu o amo muito.

— Eu também o amo muito. Mas não se esqueça, Daniel, cada um no seu caminho e o sol para todos.

A tarde estava um pouco fria. Roberto levantou e foi até o escritório. Mariana estava lá, sentada na poltrona da escrivaninha, com uma série de itens que fariam parte de sua exposição. Viu-o e sorriu para ele, que lhe deu um beijo na testa.

— Eu a amo muito, Mariana. Você foi a luz e a alegria que faltavam nessa casa.

— Eu também o amo muito, vovô. Quer me ajudar a decidir onde coloco algumas telas na exposição? Aqui tem a planta, o tamanho de cada um dos quadros... vem me ajudar?

— Não, você sabe o que deve fazer. Faça seu trabalho. Vou aproveitar esse friozinho e deitar um pouco.

— Está bem, vovozinho. Se precisar de alguma coisa, toque o sino.

"Alguém lá em cima deve estar tocando um sininho também", pensou ele.

Sorriu e saiu da sala. Foi para o quarto e deitou, sentindo uma leve dorzinha e falta de ar. Pensou em pegar o sino, mas a mão não o alcançou. Acomodou-se suavemente e acordou com o som dos sinos divinos.

24. A caminho do paraíso

Se Roberto pudesse ver o que aconteceu depois de sua morte, teria ficado muito emocionado. Saberia quanto foi amado e teria chorado.

Ao enterro compareceram amigos de todas as partes, vizinhos, ex-colegas de trabalho, gente que ele não via há muitos anos, pessoas que cumprimentava na rua, outras com quem fazia suas caminhadas. Em resumo, muita gente!

Padre Antônio ali estava, o incansável irmão que tantas vezes veio lhe dar uma força para prosseguir seu trabalho na Terra. Fez as exéquias e falou com o coração sobre o adorável Roberto.

As pessoas ficaram abismadas ao perceber como o irmão o conhecia tão bem, mas a impressão que Antônio passou foi a de um filho falando do pai, tal o carinho que Roberto legou.

Daniel e Mariana permaneceram juntos o tempo todo. Um procurava dar forças ao outro. O amor que tinham pelo avô foi tão imenso que raras vezes acontece. Eles foram abençoados com esse sentimento.

Quando finalmente o caixão baixou, para o corpo ser cremado, as pessoas fizeram um silêncio tão grande que foi possível ouvir baixinho o que Gregory disse a Jennifer:

— O homem mais cheio de Deus que conheci.

Sem dúvida alguma, todos concordavam, pois Roberto era isso tudo e muito mais no pensamento de muitos que ali se encontravam, para dizer-lhe adeus.

Roberto teria sua prova final de amor uma semana depois. Na casa da praia, Antônio celebrou a missa de sétimo dia. O local estava lindo, com flores em todos os cantos, a casa branca e o altar bem simples, com o mar ao fundo. A cerimônia começou depois das quatro da tarde. O local havia se transformado em uma igreja sem aparato nenhum, a céu aberto.

O coral da igreja local cantou, e o pároco ajudou Antônio na celebração. Os vizinhos, amigos, conhecidos apareceram, além dos convidados. Era assim que Roberto gostava e sem dúvida, se estivesse ali, aprovaria aquela despedida. Os amigos dos cursos de medicina e de belas artes, amigos de Daniel e Mariana, vestiam camisetas brancas com o rosto de Roberto estampado, desenhado pela doce Mariana.

No final da missa, Antônio solicitou que alguns falassem alguma coisa sobre Roberto, e algumas revelações maravilhosas foram ditas ou lembradas pelas pessoas.

Depois das homenagens orais, Antônio explicou o cerimonial. Após sua explanação, aproximou-se uma lancha, com muitas flores, e o padre apontou para o lado do altar. Existiam quatro urnas de porcelana branca.

Daniel pegou a primeira urna, Mariana e Jennifer a segunda e a terceira, e Gregory ficou com a última.

Os quatro dirigiram-se para a lancha, junto com os dois padres. Alguém havia improvisado um píer de metal e madeira para a inesquecível ocasião. O coral repetia um refrão: "Eu vou para o Reino de Deus, abraçar o meu Senhor".

Em poucos segundos, todos passaram a entoar o refrão. A lancha acelerou e parou num ponto em que pudesse ser vista da prainha.

Ao fundo, o pôr do sol parecia anunciar, através do belíssimo horizonte e do mar azul, que os anjos também cantavam.

As urnas foram abertas e, enquanto rezavam um Pai-Nosso, os quatro espargiam as cinzas pelo oceano. Antônio havia solicitado quatro urnas iguais. Por isso, sem saber, Gregory espargiu as cinzas de Júlia, Mariana as cinzas de Stella, Jennifer a de Cláudio e Daniel a de Roberto. Em seguida, voltaram para a prainha e Antônio abençoou-os antes de a lancha parar.

Quando colocaram os pés na prainha, já tinha anoitecido. Tão rápido é o final do dia quanto rápido é o final da vida.

Naquele momento, os estudantes, com a camiseta branca e o rosto feliz de Roberto estampado nelas, deram início a uma homenagem para o avô de Daniel. Ele teria gostado imensamente. Fogos foram acesos e estouravam no céu, ao longe, sendo vistos por todos que estavam na prainha e nas imediações da cidadezinha.

Em seguida, os estudantes serviram bolo e champanhe para todos e foram para a praia cantando a música com o refrão que tinham acabado de aprender.

As estrelas no céu brilhavam esplendorosamente e a lua surgiu, magnífica, na paisagem.

Brindaram ao avô Roberto, levantaram as taças ao luar, que iluminava todos os convidados.

A noite caiu de vez, mostrando mais estrelas. Mas a maioria das pessoas já tinha ido embora. Perderam a oportunidade de ver quantas estrelas visitaram Roberto em sua despedida terrena.

Antônio sentou-se na poltrona da casa e olhou para o mar na imensa paisagem que se descortinava a seus olhos. Viu o casal enamorado, como sempre, andando e parando para olhar o céu.

Roberto, se estivesse vivo, veria que Daniel e Mariana, abraçados, ainda tinham lágrimas nos olhos. De saudade, emoção e imenso amor.

Daniel abraçou sua amada, deu-lhe um beijo, olhou as estrelas mais uma vez e, com a voz embargada, disse, olhando o céu:

— Você me ensinou que viramos estrelas no firmamento e caminhamos para o paraíso. Você já deve estar aí com todos os nossos anjos, que o esperavam. Sentiremos saudade da sua presença, da sua proteção e principalmente da fé que você nos transmitiu, vinda de seu coração. Nós a passaremos para nossos filhos. Adeus, vovô!

RECOMEÇOS SURGEM A CADA AMANHECER
foi impresso em São Paulo/SP, pela Araguaia Indústria Gráfica, para a Lafonte, em 2014.